शेर-ओ-शायरी
इक़बाल

शेख़ मुहम्मद इक़बाल

Neelkanth
Prakashan

प्रकाशक : नीलकंठ प्रकाशन
पता : 4760-61, 23, अंसारी रोड
दरियागंज, नई दिल्ली -110002
फ़ोन: 9810675061
व्हाट्सएप नंबर: +91 9810675061

ईमेल: neelkanthprakashan47@gmail.com

शेर-ओ-शायरी : इक़बाल

शेख़ मुहम्मद इक़बाल

ISBN: 978-93-6144-449-4

संस्करण: 2025

शेख़ मुहम्मद इक़बाल

परिचय

शेख़ मुहम्मद इक़बाल, जिन्हें आमतौर पर अल्लामा इक़बाल के नाम से जाना जाता है, उर्दू और फ़ारसी के महान कवि, दार्शनिक, विचारक और राजनेता थे। उन्होंने भारतीय मुसलमानों में आत्मगौरव, आत्मविश्वास और आत्मचेतना जगाने में अहम भूमिका निभाई। इक़बाल को पाकिस्तान का "रूहानी पिता" (Spiritual Father of Pakistan) भी कहा जाता है, क्योंकि उन्होंने ही "दो-राष्ट्रीय सिद्धांत" का पहला स्पष्ट विचार प्रस्तुत किया था।

जन्म और प्रारंभिक जीवन

अल्लामा इक़बाल का जन्म 9 नवम्बर 1877 को पंजाब के सियालकोट (अब पाकिस्तान में) में हुआ था। उनके पिता शेख़ नूर मुहम्मद एक धार्मिक प्रवृत्ति के साधारण कपड़ा व्यापारी थे। इक़बाल का परिवार कश्मीरी ब्राह्मण मूल का था, जो कुछ पीढ़ियों पहले इस्लाम में परिवर्तित हुआ था।

प्रारंभिक शिक्षा सियालकोट में हुई, जहाँ उन्होंने मौलवी मीर हसन से अरबी, फ़ारसी और इस्लामी शिक्षा प्राप्त की। इसके बाद उन्होंने लाहौर के गवर्नमेंट कॉलेज से दर्शनशास्त्र में स्नातक और स्नातकोत्तर की डिग्रियाँ प्राप्त कीं।

विदेशी शिक्षा

1905 में इक़बाल उच्च शिक्षा के लिए इंग्लैंड गए। वहाँ उन्होंने कैम्ब्रिज विश्वविद्यालय से दर्शनशास्त्र का अध्ययन किया और उसके बाद जर्मनी के म्यूनिख विश्वविद्यालय से डॉक्टरेट की उपाधि प्राप्त की। उनकी डॉक्टरेट थीसिस थी "The Development of Metaphysics in Persia", जिसमें उन्होंने इस्लामी दर्शन और सूफ़ी मत की गहराई से विवेचना की।

दार्शनिक दृष्टिकोण और विचारधारा

इक़बाल केवल एक कवि नहीं, बल्कि एक महान चिंतक और दार्शनिक भी थे। उन्होंने अपने विचारों में इस्लामी पुनर्जागरण, आत्मनिर्भरता, स्वतंत्रता और आध्यात्मिक उत्थान पर बल दिया। वे मानते थे कि मुसलमानों को अपने अतीत की गौरवशाली परंपराओं से सीख लेकर वर्तमान और भविष्य को संवारना चाहिए।

उनकी कविता में "ख़ुदी" (आत्मा की चेतना) की अवधारणा प्रमुख है। उन्होंने लिखा:

"ख़ुदी को कर बुलंद इतना कि हर तक़दीर से पहले,
खुदा बंदे से खुद पूछे, बता तेरी रज़ा क्या है।"

इक़बाल के विचारों ने भारतीय मुसलमानों में एक नई जागरूकता और आत्मसम्मान पैदा किया।

काव्य-शैली और कृतियाँ

इक़बाल ने अपनी रचनाओं में उर्दू और फ़ारसी का प्रयोग किया। उनकी फ़ारसी रचनाओं को उच्च दर्जे का दार्शनिक साहित्य माना जाता है। उनकी प्रमुख रचनाएँ हैं:

- बांग-ए-दर (उर्दू)
- बाल-ए-जिब्रील (उर्दू)
- जावेद नामा (फ़ारसी)
- असरार-ए-ख़ुदी (फ़ारसी)
- पायाम-ए-मशरिक़ (फ़ारसी)

इन कृतियों में उन्होंने इस्लामी चेतना, सूफ़ी विचारधारा और राष्ट्रीय भावना का समन्वय प्रस्तुत किया।

उनकी प्रसिद्ध रचना "सारे जहाँ से अच्छा हिन्दोस्ताँ हमारा" आज भी भारतीय उपमहाद्वीप के लोगों के दिलों में बसी हुई है।

राजनीतिक भूमिका और मुस्लिम लीग

1930 में इक़बाल ने इलाहाबाद अधिवेशन में मुसलमानों के लिए एक अलग राष्ट्र की माँग की और "मुस्लिम लीग" की विचारधारा को दिशा दी। उन्होंने कहा कि उत्तर-पश्चिम भारत

के मुस्लिम-बहुल क्षेत्रों को एक स्वतंत्र इस्लामी राज्य के रूप में संगठित किया जाना चाहिए।

उनकी यह सोच बाद में पाकिस्तान के गठन का आधार बनी। मोहम्मद अली जिन्ना ने भी इक़बाल के विचारों को अपनाया और उन्हें पाकिस्तान आंदोलन का वैचारिक स्तंभ माना।

निधन और स्मृति

अल्लामा इक़बाल का निधन 21 अप्रैल 1938 को लाहौर में हुआ। वे अपने पीछे एक ऐसा साहित्यिक और दार्शनिक धरोहर छोड़ गए, जो आज भी प्रेरणा का स्रोत है। पाकिस्तान में उन्हें "शायर-ए-मशरिक़" (पूरब का कवि) कहा जाता है, और उनकी जयंती हर साल "इक़बाल दिवस" के रूप में मनाई जाती है।

निष्कर्ष

शेख़ मुहम्मद इक़बाल केवल एक कवि नहीं थे, वे एक जागरूक चिंतक, दार्शनिक, राष्ट्रभक्त और समाज सुधारक थे। उन्होंने अपनी शायरी और विचारों से एक पूरे समुदाय को नई दिशा दी। उनकी "ख़ुदी" की अवधारणा आज भी आत्मबल और आत्मविश्वास का प्रतीक है। चाहे भारत हो या पाकिस्तान, इक़बाल की शायरी और दर्शन आज भी उतने ही प्रासंगिक हैं जितने उनके समय में **थे।**

1

अक़्ल गो आस्तां[1] से दूर नहीं
उसकी तक़दीर में हुज़ूर[2] नहीं

दिले बीना[3] भी कर ख़ुदा से तलब
आँख का नूर दिल का नूर नहीं

इल्म में भी सुरूर है लेकिन
ये वो जन्नत है, जिसमें हूर नहीं

इक जुनूं[4] है, कि बाशऊर[5] भी है
इक जुनूं है कि बाशऊर नहीं

क्या ग़ज़ब है कि इस ज़माने में
एक भी साहब-ए-सुरूर नहीं

अरिनी मैं भी कह रहा हूँ मगर
ये हदीस-ए-कलीम-ओ-तूर नहीं

1. घर की चौखट 2. भगवान 3. पारखी दिल 4. उन्माद 5. विवेकपूर्ण

नासबूरी[6] है ज़िन्दगी दिल की
आह! वो दिल कि नासबूर नहीं

बेहुज़ूरी है तेरी मौत का राज़
ज़िन्दा हो, तू तो बे हुज़ूर नहीं

हर गुहर[7] ने सदफ़[8] को तोड़ दिया
तू ही आमादा ए ज़हूर[9] नहीं

---

6. बेसब्री 7. मोती 8. सीप 9. प्रत्यक्ष रूप में सामने आने को तैयार।

2

अगर कज रौ[1] हैं अंजुम[2] आसमां तेरा है या मेरा
मुझे फ़िक्रे जहाँ[3] क्यों हो, जहाँ तेरा है या मेरा

अगर हंगामा हाय शौक़ से है लामकां ख़ाली
ख़ता[4] किसकी है यारब, लामकां तेरा है या मेरा

उसे सुब्हे अज़ल इनकार की जुर्अत हुई क्योंकर
मुझे मालूम क्या, वो राज़दां[5] तेरा है या मेरा

मुहम्द भी तेरा, जिबरील[6] भी, क़ुरआन भी तेरा
मगर ये हर्फ़े शीरीं[7] तर्जुमां[8] तेरा है या मेरा

इसी कौकब[9] की ताबानी[10] से है तेरा जहाँ रौशन
ज़वाले आदमी ख़ाक़ी[11] ज़ियां[12] तेरा है या मेरा

---

1. टेढ़े चलने वाले 2. सितारे 3. संसार की चिन्ता 4. अपराध 5. भेदिया 6. कृपा करने वाला फ़रिश्ता 7. मीठा शब्द 8. दुभाषिया 9. बहुत चमकता सितारा 10. प्रकाश 11. मिट्टी से बने मनुष्य का पतन 12. हानि।

3

अजब वाइज़[1] की दींदारी[2] है यारब
अदावत है, उसे सारे जहाँ से

कोई अब तक न ये समझा कि इन्सां
कहाँ जाता है, आता है कहाँ से

वहीं से रात को ज़ुल्मत[3] मिली है
चमक तारे ने पायी है जहाँ से

हम अपनी दर्दमन्दी का फ़साना
सुना करते हैं अपने राज़दां से

बड़ी बारीक़ हैं वाइज़ की चालें
लरज़[4] जाता है आवाज़े-अज़ां[5] से

---

1. धर्मोपदेशक 2. धार्मिकता 3. अन्धकार 4. काँपना 5. अज़ान की आवाज़ से।

4

अनोखी वज़अ[1] है, सारे ज़माने से निराले हैं
ये आशिक़ कौन-सी बस्ती के यारब रहने वाले हैं

इलाजे दर्द में भी दर्द की लज़्ज़त[2] पे मरता हूँ
जो थे छालों में कांटे नोके-सोज़न[3] से निकाले हैं

फला-फूला रहे यारब चमन मेरी उमीदों का
जिगर का ख़ून दे-देकर ये बूटे मैंने पाले हैं

न पूछो मुझसे लज़्ज़त ख़ानमां बरबाद[4] रहने की
नशेमन[5] सैकड़ों मैंने बनाकर फूंक डाले हैं

उमीदे हूर ने सब कुछ सिखा रक्खा है वाइज़[6] को
ये हज़रत देखने में सीधे-सादे, भोले-भाले हैं

नहीं बेगानगी[7] अच्छी रफ़ीक़े-राहे-मंज़िल[8] से
ठहर जा ऐ शरर![9] हम भी तो आख़िर मिटने वाले हैं

---

1. रंग-ढंग 2. स्वाद 3. सुई की नोक 4. बरबाद घर 5. घोंसला 6. धर्मोपदेशक 7. परायापन 8. सहयात्री 9. चिंगारी।

रुलाती है मुझे रातों को ख़ामोशी सितारों की
निराला इश्क़ है मेरा निराले मेरे नाले हैं

मिरे अशआ'र ऐ 'इक़बाल' क्यूँ प्यारे न हों मुझ को
मिरे टूटे हुए दिल के ये दर्द-अंगेज़ नाले हैं

5

असर करे-न करे, सुन तो ले मेरी फ़रियाद
नहीं है दाद का तालिब[1] ये बन्दा ए आज़ाद

ठहर सका न हवा-ए चमन में ख़ेमा ए गुल
यही है फ़सले बहारी[2] यही है बादे मुराद

क़ुसूरवार ओ ग़रीबउद्दयार हूँ[3] लेकिन
तेरा ख़राबा फ़रिश्ते न कर सके आबाद

मेरी जफ़ा तल्बी[4] को दुआएँ देता है
वो दश्ते सादा वो तेरा जहाने बे बुनियाद

ख़तरपसन्द[5] तबीअत को साज़गार नहीं
वो गुलिस्तां कि जहाँ घात में न हो सैयाद[6]

ये मुश्त-ए-ख़ाक[7] ये सरसर ये वुसअ'त-ए-अफ़्लाक
करम है या कि सितम तेरी लज़्ज़त-ए-ईजाद

मक़ाम-ए-शौक़[8] तिरे क़ुदसियों[9] के बस का नहीं
उन्हीं का काम है ये जिन के हौसले हैं ज़ियाद

---

1. इच्छुक 2. वसन्त ऋतु 3. अपराधी और परदेसी 4. कठिनाइयाँ माँगना 5. ख़तरा पसन्द करने वाला 6. शिकारी 7. तुच्छ 8. प्रिय जगह 9. पवित्र।

6

उक़ाबी शान से झपटे थे जो बे बाल-ओ-पर[1] निकले
सितारे शाम को ख़ूने शफ़क़[2] में डूबकर निकले

हुए मदफ़ूने दरिया[3] ज़ेरे दरिया[4] तैरने वाले
तमांचे मौज के खाते थे जो बन कर गुहर[5] निकले

ग़ुबारे रहगुज़र[6] हैं कीमिया[7] पर नाज़ था जिनको
जबीनें[8] ख़ाक पर रखते थे जो अक्सीरगर[9] निकले

हमारा नर्म रौ[10] क़ासिद[11] पयामे ज़िन्दगी[12] लाया
ख़बर देती थीं जिनको बिजलियाँ, वो बेख़बर निकले

हरम रुस्वा हुआ, पीरे हरम की कमनिगाही[13] से
जवानाने ततारी किस क़दर साहब नज़र[14] निकले

जहाँ में अह्ले ईमां सूरते ख़ुरशीद जीते हैं
इधर डूबे, उधर निकले, इधर डूबे, इधर निकले

---

1. बाल और पंख 2. रक्त के समान आकाश की रसायान लालिमा 3. जल-समाधि 4. नदी के बीच में 5. मोती 6. रास्ते की धूल 7. कृत्य रसायान 8. माथा 9. प्रभावशाली 10. नाज़ुक़ मिज़ाज 11. पत्रवाहक 12. जीवन-सन्देश 13. संकीर्णता 14. गुण-दोष को पहचानने वाले।

7

ये पीराने कलीसा ओ हरम![1] ऐ वाए[2] मजबूरी
सिला[3] इनकी कदो काविश[4] का है सीनों की[5] बेनूरी[6]

यक़ीं[7] पैदा कर ऐ नादां! यक़ीं से हाथ आती है
वो दरवेशी कि जिसके सामने झुकती है फ़ग्फ़ूरी[8]

कभी हैरत, कभी मस्ती, कभी आहे सहरगाही[9]
बदलता है हज़ारों रंग मेरा दर्दे मह्जूरी[10]

हदे इदराक[11] से बाहर हैं बातें इश्क़ो मस्ती की
समझ में इस क़दर आया कि दिल की मौत है दूरी

वो अपने हुस्न की मस्ती से हैं मज्बूरे पैदाई[12]
मेरी आँखों की बीनाई[13] में है असबाबे मस्तूरी[14]

कोई तक़दीर की मंतिक़ समझ सकता नहीं वर्ना
न थे तुर्कान-ए-उस्मानी[15] से कम तुर्कान-ए-तैमूरी[16]

1. ओ काबा और गिरजा के धर्मगुरुओं 2. हाय 3. पुरस्कार 4. तलाश 5. हृदय की 6. प्रकाशहीनता 7. विश्वास 8. बादशाहत 9. उषाकाल की आह 10. विरह की पीड़ा 11. बुद्धि की सीमा से 12. प्रकट होने को विवश 13. ज्योति 14. छिपने के साधन 5. तुर्क के उस्मान 16. तुर्क के तैमूर

फ़क़ीराने हरम के हाथ 'इक़बाल' आ गया क्यूंकर
मयस्सर[17] मीरो सुल्तां को नहीं शाहीने काफ़ूरी

17. उपलब्ध।

8

कभी ऐ हक़ीक़ते मुन्तज़र[1] नज़र आ लिबासे मजाज़[2] में
कि हज़ारों सज्दे तड़प रहे है मेरी जबीने-नियाज़[3] में

तू बचा-बचा के न रख इसे, तेरा आईना है वो आईना
कि शिकस्ता[4] हो तो अज़ीज़तर, है निगाहे आईनासाज़[5] में

न कहीं जहाँ में अमां[6] मिली, जो अमां मिली, तो कहाँ मिली
मिरे जुर्मे ख़ानाख़राब[7] को, तेरे अफ़्वे बन्दानवाज़[8] में

न वो इश्क़ में रही गरमियां, न वो हुस्न में रही शोख़ियाँ
न वो ग़ज़नवी में तड़प रही, न वो ख़म है ज़ुल्फ़े अयाज़[9] में

जो मैं सर ब सज्दा हुआ कभी, तो ज़मीं से आने लगी सदा
तेरा दिल तो है सनमआश्ना, तुझे क्या मिलेगा नमाज़ में

---

1. जिसका इन्तज़ार किया जाए 2. सांसारिक प्रेम का सम्बन्ध 3. श्रद्धावनत माथे में 4. टूटा हुआ 5. ईश्वर की नज़र में आईना बनाने वाला 6. शरण 7. घर का विनाश करने वाला अपराध 8. परमात्मा की कृपा 9. ग़ज़नवी के प्रिय दास अयाज़ के बालों के पेचों में।

9

किया रिफ़अत[1] की लज़्ज़त[2] से न दिल को आश्ना[3] तूने
गुज़ारी उम्र पस्ती[4] में मिसाले नक़्शे पा[5] तूने

फ़िदा करता रहा दिल को हसीनों की अदाओं पर
मगर देखी न उस आईने में अपनी अदा तूने

तअस्सुब[6] छोड़ नादां दहर[7] के आईना ख़ाने में
ये तस्वीरें हैं तेरी जिनको समझा है बुरा तूने

---

1. ऊँचाई 2. स्वाद 3. परिचित 4. ग़रीबी 5. पैरों के चिन्ह 6. पक्षपात 7. युग काल।

10

कुछ दिखाने-देखने का था तकाज़ा दूर पर
क्या ख़बर है तुझको ऐ दिल फ़ैसला क्योंकर हुआ

देखने वाले यहाँ जब देख लेते हैं तुझे
फिर ये वादा हश्र[1] का सब-आज़्मा क्योंकर हुआ

मौत का नुस्ख़ा अभी बाक़ी है ऐ दर्दे फ़िराक़[2]
चारागर[3] दीवाना है मैं ला-दवा[4] क्योंकर हुआ

पुर्सिशे आमाल[5] से मक़सद[6] था रुस्वाई मेरी
वरना ज़ाहिर था सभी कुछ क्यों हुआ क्योंकर हुआ

मेरे मिटने का तमाशा देखने की चीज़ थी
क्या बताऊँ उनका-मेरा सामना क्योंकर हुआ

---

1. प्रलय 2. विरह की पीड़ा 3. चिकित्सक 4. लाइलाज 5. कर्मों का लेखा-जोखा 6. उद्देश्य।

11

कोई शोख़ी तो देखे जब ज़रा रोना थमा मेरा
कहा बेदर्द ने क्यों आपने माला पिरो ली है

जफ़ाजू[1] कह दिया मैंने, मगर तुमने बुरा माना
ख़फ़ा क्यों हो गये, ये आशिक़ों की बोली-ठोली है

शबे फ़ुर्कत[2] तसव्वुर[3] था मेरा एजाज़[4] था क्या था
तेरी तसवीर को मैंने बुलाया है, तो बोली है

वो तेरी जुस्तजू[5] में फिर रहे हैं, ख़ैर हो यारब
पता मेरा बताने को क़यामत[6] साथ हो ली है

समझ सकता न था कोई मुझे इस बज़्मे हस्ती[7] में
गिरह8 थी ज़िन्दगी मेरी, अजल[9] ने आ के खोली है

मह ओ ख़ुरशीद ओ अंजुम[10] दौड़ते हैं साथ-साथ उसके
फ़लक[11] क्या है, किसी माशूके बे परवा[12] की टोली है

---

1. ज़ालिम 2. विरह की रात 3. कल्पना 4. जादू 5. तलाश 6. महाप्रलय 7. संसाररूपी महफ़िल 8. गाँठ 9. मृत्यु 10. चाँद सूरज तारे 11. आकाश 12. निश्चित प्रेयसी।

12

क्यों चमन में बे सदा[1] मिस्ले रमे शबनम[2] है तू
लब कुशा3 हो जा सरोदे बरबते आलम[4] है तू

आश्ना[5] अपनी हक़ीक़त[6] से हो ऐ दहकां[7] ज़रा
दाना8 तू खेती भी तू, वारा[9] भी तू, हासिल भी तू

आह किसकी जुस्तजू[10] आवारा रखती है तुझे
राह तू, रहरौ11 भी तू, रहबर[12] भी तू, मंज़िल भी तू

काँपता है दिल तेरा अन्देश ए तूफ़ा[13] से क्या
नाख़ुदा[14] तू, बहर[15] तू, कश्ती भी तू, साहिल भी तू

देख आकर कूचा ए चाके गरेबां[16] में कभी
क़ैस तू, लैला भी तू, सहरा भी तू, महमिल भी तू

वाए नादानी कि तू मुहताजे साक़ी हो गया
मै भी तू, मीना भी तू, साक़ी भी तू, महफ़िल भी तू

---

1. बिना पुकारे 2. घृणारूपी ओस 3. बन्द होठ खोलने वाला 4. विश्वरूपी गीत 5. परिचित 6. वास्तविकता 7. ग्रामीण 8. बुद्धिमान 9. लाभ 10. खोज 11. यात्री 12. पथ-प्रदर्शक 13. तूफ़ान के आने की आशंका 14. मांझी 15. समुद्र 16. दामन फाड़ने वाली गली।

13

ख़िरदमन्दों[1] से क्या पूछूं कि मेरी इब्तिदा[2] क्या है
कि मैं इस फ़िक्र में रहता हूँ मेरी इन्तिहा[3] क्या है

ख़ुदी को कर बुलन्द[4] इतना कि हर तक़दीर[5] से पहले
ख़ुदा बन्दे से ख़ुद पूछे, बता तेरी रज़ा क्या है

मुक़ामे गुफ़तगू[6] क्या है, अगर मैं कीमियागर[7] हूँ
यही सोज़े नफ़स[8] है और मेरी कीमिया क्या है

नज़र आयीं मुझे तक़दीर की गहराइयाँ इसमें
न पूछ ऐ हमनशीं मुझसे वो चश्मे सुरमा-सा क्या है

नवा ए सुब्हगाही[9] ने जिगर ख़ूं कर दिया मेरा
ख़ुदाया! जिस ख़ता की ये सज़ा है वो ख़ता क्या है

अगर होता वो मजज़ूबे फ़िरंगी[10] इस ज़माने में
तो 'इक़बाल' उसको समझाता मुक़ामे किब्रिया[11] क्या है

---

1. बुद्धिमानों 2. प्रारम्भ 3. पराकाष्ठा 4. ऊँचा 5. भाग्य 6. बात-चीत का स्थान 7.रसायनशास्त्री 8. सांस की जलन 9. प्रातःकालीन गायन 10. पागल अंग्रेज 11. ख़ुदा का स्थान।

14

गुलज़ार हस्तो बूद[1] न बेगानावार[2] देख
है देखने की चीज़ इसे बार-बार देख

आया है तू जहाँ में मिसाले शरार[3] देख
दम दे न जाये हस्ती ए नापायेदार देख

माना कि तेरी दीद के क़ाबिल नहीं हूँ मैं
तू मेरा शौक़ देख मेरा इन्तज़ार[4] देख

खोली हैं ज़ौक़े दीद ने आँखें तेरी अगर
हर रहगुज़र में नक़्श कफ़े पा ए यार[5] देख

---

1. आज और कल का संसार 2. ग़ैरों की भाँति 3. चिंगारी की भाँति 4. आतुरता 5. प्रेमिका के पदचिन्ह।

15

गेसू ए ताबदार[1] को और भी ताबदार कर
होशो ख़िरद[2] शिकार कर क़ल्बो नज़र[3] शिकार कर

इश्क़ भी हो हिजाब[4] में, हुस्न भी हो हिजाब में
या तो ख़ुद आशकार[5] हो या मुझे आशकार कर

तू है मुक़ीते बेकरां[6] मैं हूँ ज़रा-सी आबे जू[7]
या मुझे हमकिनार[8] कर या मुझे बेकिनार[9] कर

मैं हूँ सदफ़[10] तो तेरे हाथ मेरे गुहर की आबरू
मैं हूँ ख़जफ़[11] तो तू मुझे गौहरे शाहवार[12] कर

नग़्मा ए नौबहार अगर मेरे नसीब में न हो
उस दम ए नीम सोज़[13] को ताइरक ए बहार[14] कर

बाग़े बहिश्त से मुझे हुक्मे सफ़र दिया था क्यों
कारे जहाँ[15] दराज़[16] है अब मिरा इन्तिज़ार कर

---

1. चमकीले केश 2. बुद्धि और चेतना 3. दिल और दृष्टि 4. आवरण 5. प्रकट 6. अथाह सागर 7. छोटी नदी 8. अपने से मिला ले 9. दूर कर दे 10. सीपी 11. कण 12. बहुमूल्य मोती 13. अधजला सांस 14. वसन्त ऋतु का पक्षी 15. संसार का 16. लम्बी रात।

रोज़े हिसाब जब मेरा पेश हो दफ़तरे अमल
आप भी शर्मसार हो मुझको भी शर्मसार कर

16

ज़माना आया है बेहिजाबी[1] का, आम दीदारे यार[2] होगा
सुकूत[3] था परदादार जिसका, वो राज़ अब आशकार[4] होगा

किया मेरा तज़्किरा जो साक़ी ने बादाख़्वारों[5] की अंजुमन में
तो पीरे मैख़ाना[6] सुन के कहने लगा कि मुंहफट है, ख़्वार होगा

दयारे मग़रिब[7] के रहने वाली, ख़ुदा की बस्ती दुकां नहीं है
खरा जिसे तुम समझ रहे हो, वो अब ज़रे कम अयार[8] होगा

तुम्हारी तहज़ीब अपने ख़ंजर से आप ही ख़ुदकुशी करेगी
जो शाख़े नाज़ुक़ पे आशियाना बनेगा, नापायेदार होगा

चमन में लाला[9] दिखाता फिरता है दाग़ अपना कली-कली को
ये जानता है कि इस दिखावे से दिलजलों में शुमार होगा

जो एक था, ऐ निगाह तूने हज़ार करके हमें दिखाया
यही अगर कैफ़ीयत[10] है तेरी, तो फिर किसे एतबार होगा

---

1. परदा उठना 2. प्रिय के दर्शन 3. मौन 4. प्रकट 5. शराबी 6. शराबख़ाने का मालिक 7. पश्चिमी देशों के 8. कम सोना तोलने वाला काँटा 9. एक फूल का नाम 10. स्थिति।

ख़ुदा के आशिक़ तो हैं हज़ारों बनों में फिरते हैं मारे-मारे
मैं उसका बन्दा बनूंगा जिसको ख़ुदा के बन्दों से प्यार होगा

न पूछ 'इक़बाल' का ठिकाना, अभी वही कैफ़ियत है उसकी
कहीं सरे रहगुज़ार[11] बैठा सितमकशे इन्तज़ार[12] होगा

---

11. मार्ग में 12. प्रतीक्षा का मारा हुआ।

17

ज़माना देखेगा जब मिरे दिल से महशर[1] उठेगा गुफ़्तगू का
मिरे ख़मोशी नहीं है, गोया मज़ार[2] है हर्फ़े आरज़ू[3] का

जो मौजे दरिया लगी ये कहने, सफ़र से क़ाइम है शान मेरी
गुहर[4] ये बोला सदफ़ नशीनी[5] है मुझको सामान आबरू का

न हो तबीअत ही जिनकी क़ाबिल वो तर्बियत[6] से नहीं संवरते
हुआ न सरसब्ज़ रह के पानी में अक्स सर्वे किनारे जू[7] का

कोई दिल ऐसा नज़र न आया, न जिसमें ख़्वाबीदा[8] हो तमन्ना
इलाही तेरा जहान क्या है, निगारख़ाना[9] है आरज़ू का

अगर कोई शै नहीं है पिन्हां[10] तो क्यों सरापा[11] तलाश हूँ मैं
निगह[12] को नज़्ज़ारे की तमन्ना है, दिल को सौदा है जुस्तजू[13] का

---

1. प्रलय 2. क़ब्र 3. आकांक्षाओं का 4. मोती 5. सीपी में रहना 6. शिक्षा-दीक्षा 7. नदी किनारे सर्व वृक्ष की परछाईं 8. सोयी हुई 9. चित्रशाला 10. निहित 11. साकार 12. दृष्टि 13. तलाश।

18

जिन्हें मैं ढूंढ़ता था आसमानों में, ज़मीनों में
वो निकले मेरे ज़ुल्मतख़ाना ए दिल[1] के मकीनों[2] में

अगर कुछ आश्ना[3] होता, मज़ाक़े जुब्बसाई[4] से
तो संगे आस्ताने काबा[5] जा मिलता जबीनों[6] में

कभी अपना भी नज़्ज़ारा किया है तूने ऐ मजनूं
कि लैला की तरह तू ख़ुद भी है महमिलनशीनों[7] में

महीने वस्ल के घड़ियों की सूरत उड़ते जाते हैं
मगर घड़ियां जुदाई की गुज़रती हैं महीनों में

मुझे रोकेगा तू ऐ नाख़ुदा[8] क्या ग़र्क़ होने से
कि जिनको डूबना हो, डूब जाते हैं सफ़ीनो[9] में

मुहब्बत के लिए दिल ढूंढ़ कोई टूटने वाला
ये वो मै है जिसे रखते हैं नाज़ुक़ आबगीनों[10] में

---

1. दिलरूपी अंधेरा घर 2. निवासियों 3. परिचित 4. चोघा पहनना दु. काबे की चौखट का पत्थर 6. माथा 7. ऊँट के कजावे में बैठने वाले 8. मांझी 9. नौका 10. पानी के बुलबुले।

सरापा[11] हुस्न बन जाता है, जिसके हुस्न का आशिक़
भला ऐ दिल हसीं ऐसा भी है कोई हसीनों में

ख़मोश ऐ दिल! भरी महफ़िल में चिल्लाना नहीं अच्छा
अदब[12] पहला क़रीना[13] है मुहब्बत के क़रीनों में

---

11. साकार 12. आदर 13. ढंग।

19

तुझे याद क्या नहीं है मेरे दिल का वो ज़माना
वो अदब गहे मुहब्बत[1] के निगह का ताज़ियाना[2]

मिरे हम सफ़ीर इसे भी असरे बहार समझे
उन्हें क्या ख़बर कि क्या है ये नवाए आशिक़ाना[3]

मिरे ख़ाक ओ ख़ूं[4] से तूने ये जहाँ किया है पैदा
सिला ए शहीद[5] क्या है तबो ताबे जाविदाना[6]

तेरी बन्दापरवरी से मेरे दिन गुज़र रहे हैं
न गिला है दोस्तों का न शिकायते ज़माना

---

1. कभी प्रेम का सम्मान 2. कोड़ा 3. प्रेम सम्बन्धी गीत 4. रक्त और राख 5. बलिदान करने का पुरस्कार 6. अमिट पीड़ा।

20

तेरे इश्क़ की इन्तिहा चाहता हूँ
मिरी सादगी देख क्या चाहता हूँ

सितम1 हो कि हो वादा ए बेहिजाबी[2]
कोई बात सब्र आजमा[3] चाहता हूँ

ये जन्नत मुबारक़ रहे ज़ाहिदों[4] को
कि मैं आपका सामना चाहता हूँ

ज़रा-सा तो दिल हूँ मगर शोख़ इतना
वही लनतरानी[5] सुना चाहता हूँ

कोई दम का मेहमां हूँ ऐ अह्ले महफ़िल[6]
चिराग़े सहर[7] हूँ बुझा चाहता हूँ

भरी बज़्म[8] में राज़ की बात कह दी
बड़ा बेअदब[9] हूँ सज़ा चाहता हूँ

---

1. अत्याचार 2. परदा हटाने का वादा 3. धीरज आज़माने वाली 4. संयमी 5. डींग 6. सभासदों 7. प्रभात का दीपक 8. सभा 9. मूर्ख।

21

दिखा वो हुस्मे आलम सोज़1 अपनी चश्मे पुरनम को
जो तड़पाता है परवाने को, रुलवाता है शबनम को

अगर देखा भी उसने सारे आलम को, तो क्या देखा
नज़र आयी न कुछ अपनी हक़ीक़त जाम से जम[2] को

शजर[3] है फ़िरक़ा आराई, तआस्सुब है समर[4] इसका
ये वो फल है कि जन्नत से, निकलवाता है आदम को

न उट्ठा जज़्ब ए ख़ुरशीद से, इक बरग़ ए गुल[5] तक भी
ये रिफ़अत की तमन्ना है कि ले उड़ती है शबनम को

---

1. दुनिया को जला देने वाला सौन्दर्य 2. ईरान का बादशह जमशेद 3. वृक्ष 4. फल 5. फूल की पत्तियाँ।

22

दिगरगूं[1] है जहाँ तारों की गर्दिश तेज़ है साक़ी
दिले हर ज़र्रा में ग़ूग़ाए रुस्ताखेज़[2] है साक़ी

मता ए दीन ओ दानिश[3] लुट गयी अल्लाह वालों की
ये किस काफ़िर अदा का ग़मज़ए-ख़ूरेज़[4] है साक़ी

वही देरीना[5] बीमारी वही नामहकमी[6] दिल का
इलाज इसका वही आबे निशात अंगेज़[7] है साक़ी

हरम के दिल में सोज़े आरज़ू पैदा नहीं होता
कि पैदाई तेरी अब तक हिजाब आमेज़[8] है साक़ी

न उट्ठा फिर कोई रूमी[9] अजम[10] के लालाज़ारों[11] से
वही आबो गिले ईरां[12] वही तबरेज़ है साक़ी

नहीं है नाउमीद 'इक़बाल' अपनी किश्ते वीरां से
ज़रा नम हो तो ये मिट्टी बहुत ज़रख़ेज़[13] है साक़ी

---

1. अस्त-व्यस्त 2. प्रलय-जैसा शोर 3. बुद्धि तथा धर्मरूपी पूँजी 4. ख़ून से सनी हुई 5. पुरानी 6. कमज़ोरी 7. आनन्ददायी जल, शराब 8. परदे का 9. एक प्रसिद्ध दार्शनिक 10. ईरान-तूरान 11. उपवनों में 12. ईरान की मिट्टी और पानी 13. उपजाऊ।

23

दिल की बस्ती अजीब बस्ती है
लूटने वालों को तरसती है

हो क़नाअत जो ज़िन्दगी का उसूल[1]
तंगदस्ती[2] फ़राग़दस्ती[3] है

जिन्से दिल है जहान में कमयाब[4]
फिर भी ये शै ग़ज़ब की सस्ती है

ताबे इज़्हार[5] इश्क़ ने ले ली
गुफ़्तगू को जबां तरसती है

जिक्रे जामे तहूर बाज़ का वाज़
मैपरस्ती[6] की मैपरस्ती है

शे'र भी इक शराब है ऐ दिल
होशयारी इसी की मस्ती है

1. नियम 2. संकीर्णता 3. विशालता 4. दुष्प्राप्य 5. दिलरूपी चीज़ 6. शराब की पूजा।

आँख को क्या नज़र नहीं आता
अब्र[7] की तरह से बरसती है

देखिये क्या सुलूक[8] हो 'इक़बाल'
मुजरिमे जुर्मे बुत-परस्ती है

---

7. बादल 8. व्यवहार।

24

न आते हमें इसमें तक़रार क्या थी
मगर वादा करते हुए आर[1] क्या थी

तुम्हारे पयामी[2] ने सब राज़ खोला
ख़ता इसमें बन्दे की सरकार क्या थी

भरी बज़्म[3] में अपने आशिक़ को ताड़ा
तेरी आँख मस्ती में हुशयार क्या थी

ताम्मुल[4] तो था उनके आने में क़ासिद[5]
मगर ये बता तर्ज़े इनकार[6] क्या थी

खिंचे ख़ुद ब ख़ुद जानिबे तूर[7] मूसा
कशिश[8] तेरी ऐ शौक़े दीदार[9] क्या थी

कहीं ज़िक्र रहता है 'इक़बाल' तेरा
फ़सूं[10] था कोई तेरी गुफ़्तार[11] क्या थी

---

1. लज्जा 2. सन्देशवाहक 3. महफ़िल 4. संकोच 5. पत्रवाहक 6. इनकार करने का ढंग 7. तूर नामक पहाड़ की ओर 8. आकर्षण 9. दर्शनाभिलाषी 10. जादू 11. बातचीत।

25

ने मोहरा बाक़ी ने मोहरा बाज़ी
जीता है रूमी हारा है राज़ी

रौशन[1] है जामे जमशेद[2] अब तक
शाही[3] नहीं है बे शीशाबाज़ी

दिल है मुसलमां मेरा न तेरा
तू भी नमाज़ी मैं भी नमाज़ी

मैं जानता हूँ अंजाम[4] उसका
जिस मारके[5] में मुल्ला हों ग़ाज़ी

तुर्की भी शीरीं, ताज़ी भी शीरीं
हर्फ़े मुहब्बत[6] तुर्की न ताज़ी7

तू ज़िन्दगी है पाइन्दगी[8] है
बाक़ी है जो कुछ, सब ख़ाकबाज़ी

---

1. प्रकाशित 2. जमशेद नामक बादशाह का मदिरा पात्र 3. बाज पक्षी 4. परिणाम 5. युद्धक्षेत्र 6. प्रेम की बात 7. अरब का निवासी 8. अमरत्व।

26

परीशां हो के मेरी ख़ाक आख़िर दिल न बन जाये
जो मुश्किल अब है यारब, फिर वही मुश्किल न बन जाये

न कर दें मुझको मजबूरे नवा[1] फिरदौस[2] में हूरें
मिरा सोज़े दुरूं[3] फिर गरमिए महफ़िल न बन जाये

कभी छोड़ी हुई मंज़िल भी याद आती है राही को
खटक-सी है जो सीने में ग़मे मंज़िल न बन जाये

बनाया इश्क़ ने दरियाए ना पैदाकरां[4] मुझको
ये मेरी ख़ुद निगहदारी[5] मिरा साहिल न बन जाये

कहीं इस आलमे बेरंगो बू[6] में भी तलब[7] मेरी
वही अफ़साना ए दुंबाला ए महमिल[8] न बन जाये

उरूज़े आदमे ख़ाकी[9] से अंजुम[10] सहमे जाते हैं
कि ये टूटा हुआ तारा महे कामिल[11] न बन जाये

1. गाने पर विवश 2. स्वर्ग 3. भीतरी आग 4. अथाह सागर 5. स्वयं पर दृष्टि रखना 6. रंग और सुगन्धरहित संसार 7. तलाश 8. ऊँट पर बैठी लैला की आँख के काजल की कनपटियों की ओर जाती रेखा की कहानी 9. मिट्टी से बने व्यक्ति का उत्थान 10. तारे 11. पूर्ण चन्द्रमा।

27

फिर चिराग़े लाला से रौशन हुए कोहो दमन[1]
मुझको फिर नग़मों पे उकसाने लगा मुर्ग़े चमन[2]

फूल हैं सहरा[3] में या परियाँ क़तार अन्दर क़तार[4]
ऊदे-ऊदे नीले-नीले पीले-पीले पैरहन[5]

बर्गे गुल[6] पर रख गयी शबनम[7] का मोती बादे सुब्ह[8]
और चमकाती है उस मोती को सूरज की किरन

हुस्ने बेपरवा को अपनी बेनक़ाबी के लिए
हों अगर शहरों से बन प्यारे, तो शहर अच्छे कि बन

अपने मन में डूबकर पा जा सुराग़े ज़िन्दगी[9]
तू अगर मेरा नहीं बनता, न बन, अपना तो बन

मन की दुनिया मन की दुनिया, सोज़-ओ मस्ती जज़्बो-शौक़
तन की दुनिया तन की दुनिया, सूदो-सौदा मक्रो-फन[10]

---

1. बारा और पहाड़ 2. बाग़ का पक्षी 3. जंगल 4. पंक्ति 5. वस्त्र 6. फूल के पत्ते 7. ओस 8. प्रातःकालीन हवा 9. ज़िन्दगी की खोज 10. कला और धोखा।

मन की दौलत हाथ आती है, तो फिर जाती नहीं
तन की दौलत छांव है, आता है धन, जाता है धन

पानी-पानी कर गयी मुझको कलन्दर की ये बात
तू झुका जब ग़ैर के आगे, न मन तेरा न तन

28

फिर बादे बहार[1] आयी इक़बाल ग़जलख़्वां[2] हो
ग़ुंचा है अगर गुल हो गुल है तो गुलिस्तां[3] हो

तू ख़ाक की मुट्ठी है अजज़ा[4] की हरारत[5] से
बरहम[6] हो परीशां हो वुसअत[7] में बयाबां[8] हो

तु जिन्से मुहब्बत[9] है क़ीमत है गरां[10] तेरी
कम-माया[11] हैं सौदागर इस देस में अरज़ां[12] हो

क्यों साज़ के परदे में मस्तूर[13] हो लय तेरी
तू नग़मा ए रंगीं है हर गोश[14] पे उरियां[15] हो

ऐ रहरवे फ़र्ज़ाना[16] रस्ते में अगर तेरे
गुलशन है तो शबनम हो सहरा[17] है तो तूफ़ां हो

सामां की मुहब्बत में मुज़मिर है तन आसानी
मक़सद[18] है अगर मंज़िल ग़ारतगरे सामां हो

---

1. वसन्त ऋतु की हवा 2. ग़ज़ल सुनाने वाला 3. उपवन 4. अंश 5. गरमी 6. नाराज़ 7. विस्तार 8. जंगल 9. प्रेम-सामग्री 10. भारी 11. ग़रीब 12. सस्ती 13. निहित 14. कान 15. नग्न 16. सतर्क यात्री 17. रेगिस्तान 18. उद्देश्य।

29

मजनूं ने शह्र छोड़ा, तू सहरा भी छोड़ दे
नज़्ज़ारे की हवस[1] है, तो लैला भी छोड़ दे

वाइज़[2] कमाले तर्क[3] से मिलती है यां मुराद
दुनिया जो छोड़ दी है, तो उक़्बा[4] भी छोड़ दे

तक़लीद[5] की रविश[6] से तो बेहतर है ख़ुदकुशी
रस्ता भी ढूंढ ख़िज्र[7] का सौदा[8] भी छोड़ दे

है आशिकी में रस्म अलग सबसे बैठना
बुतख़ाना भी हरम भी, कलीसा भी छोड़ दे

सौदागरी नहीं, ये इबादत ख़ुदा की है
ऐ बेख़बर! जज़ा[9] की तमन्ना भी छोड़ दे

अच्छा है, दिल के साथ रहे पासबाने-अक़्ल[10]
लेकिन कभी-कभी इसे तनहा[11] भी छोड़ दे

---

1. आकांक्षा 2. धर्मोपदेशक 3. पूर्णतः त्याग 4. परलोक 5. अनुकरण 6. विधि 7. पथ-प्रदर्शक 8. उन्माद 9. प्रतिफल 10. बुद्धिरूपी रक्षक 11. अकेला।

30

मता ए बेबहा है दर्द ओ सोज़े आरज़ू मन्दी[1]
मुक़ामे बन्दगी[2] देकर न लूं शाने ख़ुदावन्दी[3]

तेरे आज़ाद बन्दों की न ये दुनिया न वो दुनिया
यहाँ मरने की पाबन्दी वहाँ जीने की पाबन्दी

गुज़र औक़ात कर लेता है ये कोह ओ बयाबां[4] में
कि शाहीं[5] के लिए ज़िल्लत[6] है कारे आशियां बन्दी

मिरी मश्शातगी की क्या ज़रूरत हुस्न-ए-मअ'नी[8] को
कि फ़ितरत ख़ुद ब ख़ुद कर लेती है लाले की हिनाबन्दी[9]

---

1. दर्द और जलन की इच्छा 2. पूजा करने का स्थान 3. ईश्वर की महिमा 4. पर्वत और जंगल 5. बाज पक्षी 6. शर्मिन्दगी 7. संवारना 8. प्राकृतिक सौन्दर्य 9. मेहंदी लगाना।

31

यूं तो ऐ बज़्मे जहाँ[1] दिलकश[2] थे हंगामे तेरे
इक ज़रा अफ़सुर्दगी[3] तेरे तमाशाओं में थी

पा गयी आसूदगी[4] जूए मुहब्बत[5] में वो ख़ाक
मुद्दतों आवारा जो हिकमत[6] के सहराओं में थी

किस क़दर ऐ मै[7] तुझे रस्मे हिजाब8 आयी पसन्द
परदा ए अंगूर[9] से निकली तो मीनाओं[10] में थी

हुस्न की तासीर[11] पर ग़ालिब न आ सकता था इल्म
इतनी नादानी जहाँ के सारे दानाओं[12] में थी

मैंने ऐ 'इक़बाल' योरप में उसे ढूंढा अबस[13]
बात जो हिन्दोस्तां के माह सीमाओं[14] में थी

---

1. संसाररूपी महफ़िल 2. हृदयाकर्षक 3. उदासी 4. तुष्टि 5. प्रेम की गली 6. युक्ति 7. शराब 8. परदे में रहने की प्रथा 9. अंगूर के परदे से 10. बोतलों में 11. प्रभाव 12. बुद्धिमानों 13. व्यर्थ 14. चाँद और चाँदी के टुकड़े (सुन्दरियाँ)।

32

ये पयाम दे गयी है मुझे बादे सुब्हगाही[1]
कि ख़ुदी[2] के आरिफ़ों[3] का है मुक़ाम[4] पादशाही

तेरी ज़िन्दगी इसी से, तेरी आबरू इसी से
जो रही ख़ुदी तो शाही न रही तो रूसियाही[5]

न दिया निशाने मंज़िल मुझे ऐ हकीम[6] तूने
मुझे क्या गिला हो तुझसे, तू न रहनशीं[7], न राही

मेरे हल्क़ा ए सुख़न[8] में अभी ज़ेरे तर्बियत[9] हैं
वो गदा[10] कि जानते हैं, रहो रस्मे कजकुलाही[11]

ये मुआमले हैं नाज़ुक, जो तेरी रज़ा[12] हो, तू कर
कि मुझे तो ख़ुश न आया, ये तरीक़-ए-ख़ानख़ाही[13]

तू हुमा[14] का है शिकारी, अभी इब्तिदा[15] है तेरी
नहीं मसलेहत[16] से ख़ाली, ये जहाने मुर्ग़ो माही

---

1. प्रातःकाल की हवा 2. अहं 3. ब्रह्मज्ञानी 4. स्थान 5. काला मुँह 6. दार्शनिक 7. पथ-प्रदर्शक 8. बात-चीत करने वाले 9. प्रशिक्षण प्राप्त करने वाले 10. भिखारी 11. राजापन 12. मर्ज़ी 13. दरवेशों के आश्रम का ढंग 14. एक पक्षी 15. आरम्भ 16. परामर्श।

33

लाऊँ वो तिनके कहाँ से आशियाने[1] के लिए
बिजलियाँ बेताब हों, जिनको जलाने के लिए

वाए[2] नाकामी फ़लक[3] ने ताक कर तोड़ा उसे
मैंने जिस डाली को ताड़ा आशियाने के लिए

आँख मिल जाती है हफ़्ताद ओ दरे-मिल्लत[4] से तेरी
एक पैमाना तिरा सारे ज़माने के लिए

दिल में कोई इस तरह की आरज़ू पैदा करूं
लौट जाये आसमां मेरे मिटाने के लिए

जम्आ कर ख़िरमन[5] तो पहले दाना-दाना चुन के तू
आह निकलेगी कोई बिजली जलाने के लिए

पास[6] था नाकामी ए सैयाद[7] का ऐ हमसफ़ीर[8]
वरना मैं और उड़ के आता एक दाने के लिए

---

1. घोंसला 2. आह 3. आकाश 4. सत्तर प्रकार की जातियाँ और मुसलमान जाति 5. खलिहान 6. ख़याल 7. शिकारी की असफलता 8. सहचर।

इस चमन में मुर्ग़े दिल[9] गाए न आज़ादी का गीत
आह! ये गुलशन नहीं ऐसे तराने के लिए

9. हृदयरूपी पक्षी।

34

ला फिर इक बार वही बादा ओं जाम[1] ऐ साक़ी
हाथ आ जाये मुझे मेरा मुक़ाम[2] ऐ साक़ी

मेरी मीना-ए-ग़ज़ल[3] में थी ज़रा-सी बाक़ी
शैख़[4] कहता है कि है ये भी हराम ऐ साक़ी

शेर मर्दों से हुआ बेशा ए तहक़ीक़[5] तही[6]
रह गये सूफ़ी ओ मुल्ला के ग़ुलाम ऐ साक़ी

इश्क़ की तेग़े जिगरदार[7] उड़ाली किसने
इल्म के हाथ में ख़ाली है नियाम ऐ साक़ी

सीना रौशन[8] हो तो है सोज़े सुख़न[9] ऐने हयात[10]
हो न रौशन तो सुख़न मर्गे दवाम[11] ऐ साक़ी

तू मेरी रात को महताब[12] से महरूम[13] न रख
तेरे पैमाने में है माहे तमाम[14] ऐ साक़ी

1. शराब और शराब का प्याला 2. स्थान 3. ग़ज़लरूपी मदिरापात्र 4. धर्मगुरु 5. खोज का किनारा 6. ख़ाली 7. दिल पर वार करने वाली तलवार 8. प्रकाशित 9. शाइरी की तपिश 10. सही जीवन 11. स्थायी मृत्यु 12. चाँद 13. वधित 14. पूरा चाँद।

तीन सौ साल से हैं हिन्द के मय-ख़ाने बंद
अब मुनासिब है तिरा फ़ैज़ हो आम ऐ साक़ी

35

वही मेरी कमनसीबी, वही तेरी बेनियाज़ी[1]
मिरे काम कुछ न आया ये कमाले नै नवाज़ी[2]

मैं कहाँ हूँ तू कहाँ है ये मकां[3] कि लामकां[4] है
ये जहाँ मिरा जहाँ है कि तिरी करिश्मासाज़ी[5]

वो फ़रेबख़ुर्दा[6] शाहीं[7] कि पला हो करगसों[8] में
उसे क्या ख़बर कि क्या है रह ओ रस्मे शाहबाज़ी[9]

कोई कारवां से टूटा, कोई बदगुमां हरम से
कि अमीरे कारवां[10] में नहीं ख़ूए दिलनवाज़ी[11]

---

1. निस्पृहता 2. इच्छाओं के त्याग का गुण 3. निवासस्थान 4. बिना स्थान वाला 5. चमत्कार 6. छला हुआ 7. बाज पक्षी 8. गिद्ध 9. बाज पक्षी की कर्मनीति 10. कारवां का पथ-प्रदर्शक 11. हृदय को प्रसन्न करने की आदत।

36

सख़्तियां करता हूँ दिल पर ग़ैर से ग़ाफ़िल हूँ मैं
हाय क्या अच्छी कही ज़ालिम हूँ मैं जाहिल हूँ मैं

मैं जभी तक था कि तेरी जल्वा पैराई[1] न थी
जो नमूदे हक़[2] से मिट जाता है वो बातिल[3] हूँ मैं

इल्म के दरिया से निकले ग़ोताज़न[4] गौहर बदस्त[5]
वाये महरूमी[6] ख़ज़फ़ चैने लबे साहिल[7] हूँ मैं

है मिरी ज़िल्ल्त ही कुछ मेरी शराफ़त की दलील
जिसकी ग़फ़लत को मलक[8] रोते हैं वो ग़ाफ़िल[9] हूँ मैं

बज़्मे हस्ती[10] अपनी आराइश[11] पे तू नाज़ां[12] न हो
तू तो इक तसवीर है महफ़िल की और महफ़िल हूँ मैं

ढूंढता फिरता हूँ ऐ 'इक़बाल' अपने आपको
आप ही गोया मुसाफ़िर आप ही मंज़िल हूँ मैं

---

1. दर्शन देना 2. सच बोलने से 3. झूठा 4. गोताखोर 5. हाथ में मोती लिये हुए 6. हाय वधित होना 7. तट पर ठीकरे चुनने वाला 8. फ़रिश्ते 9. असावधान 10. जीवनरूपी महफ़िल 11. श्रृंगार 12. घमण्डी।

37

सितारों से आगे जहाँ[1] और भी हैं
अभी इश्क़ के इम्तेहां और भी हैं

तही[2] ज़िन्दगी से नहीं ये फ़ज़ाएँ[3]
यहाँ सैकड़ों कारवां और भी हैं

क़नाअत[4] न कर आलमे रंगो बू पर[5]
चमन और भी आशियां[6] और भी हैं

अगर खो गया इक नशेमन[7] तो क्या ग़म
मुक़ामाते आहो फ़ुग़ां[8] और भी हैं

तू शाहीं[9] है परवाज़[10] है काम तेरा
तेरे सामने आसमां और भी हैं

इसी रोज़ ओ शब[11] में उलझकर न रह जा
कि तेरे ज़मान ओ मकां[12] और भी हैं

---

1. संसार 2. ख़ाली 3. वातावरण 4. तुष्टि 5. रंग और गन्ध के संसार पर 6. ठिकाना 7. घोंसला 8. आहें भरने और रोने के लिए स्थान 9. पक्षी 10. उड़ान भरना 11. रात और दिन 12. समय और स्थान

गए दिन कि तन्हा था मैं अंजुमन[13] में
यहाँ अब मिरे राज़दां[14] और भी हैं

13. सभा 14. भेदिया।

38

है कलेजा फ़िगार[1] होने को
दामने लालाज़ार हाने को

इश्क़ वो चीज़ है कि जिसमें क़रार[2]
चाहिए बेक़रार होने को

जुस्तजू ए क़फ़स[3] है मेरे लिए
ख़ूब समझे शिकार होने को

पीस डाला है आसमां ने मुझे
किसकी रह[4] का ग़ुबार होने को

क्या अदा थी वो जांनिसारी में
थे वो मुझ पर निसार[5] होने को

वादा करते हुए न रुक जाओ
हे मुझे एतबार होने को

उसने पूछा कि कौन छुपता है
हम छुपे आशकार[6] होने को

1. घायल 2. चैन 3. पिंजरे की खोज 4. रास्ता 5. न्योछावर 6. प्रकट।

हमने 'इक़बाल' इश्क़बाज़ी की
पी ये मै[7] होशयार होने को

7. शराब।

नज़्में

अल्लमा इक़बाल की नज़्में उनकी ग़ज़लों से भी बेहतर हैं। आप भी इनका लुत्फ़ लीजिये।

शिकवा

क्यूँ ज़ियाँ-कार बनूँ सूद-फ़रामोश रहूँ
फ़िक्र-ए-फ़र्दा न करूँ महव-ए-ग़म-ए-दोश रहूँ

नाले बुलबुल के सुनूँ और हमा-तन गोश रहूँ
हम-नवा मैं भी कोई गुल हूँ कि ख़ामोश रहूँ

जुरअत-आमोज़ मिरी ताब-ए-सुख़न है मुझ को
शिकवा अल्लाह से ख़ाकम-ब-दहन है मुझ को

है बजा शेवा-ए-तस्लीम में मशहूर हैं हम
क़िस्सा-ए-दर्द सुनाते हैं कि मजबूर हैं हम

साज़ ख़ामोश हैं फ़रियाद से मामूर हैं हम
नाला आता है अगर लब पे तो मा'ज़ूर हैं हम

ऐ ख़ुदा शिकवा-ए-अर्बाब-ए-वफ़ा भी सुन ले
ख़ूगर-ए-हम्द से थोड़ा सा गिला भी सुन ले

थी तो मौजूद अज़ल से ही तिरी ज़ात-ए-क़दीम
फूल था ज़ेब-ए-चमन पर न परेशाँ थी शमीम

शर्त इंसाफ़ है ऐ साहिब-ए-अल्ताफ़-ए-अमीम
बू-ए-गुल फैलती किस तरह जो होती न नसीम

हम को जमईयत-ए-ख़ातिर ये परेशानी थी
वर्ना उम्मत तिरे महबूब की दीवानी थी

हम से पहले था अजब तेरे जहाँ का मंज़र
कहीं मस्जूद थे पत्थर कहीं मा'बूद शजर

ख़ूगर-ए-पैकर-ए-महसूस थी इंसाँ की नज़र
मानता फिर कोई अन-देखे ख़ुदा को क्यूँकर

तुझ को मालूम है लेता था कोई नाम तिरा
क़ुव्वत-ए-बाज़ू-ए-मुस्लिम ने किया काम तिरा

बस रहे थे यहीं सल्जूक़ भी तूरानी भी
अहल-ए-चीं चीन में ईरान में सासानी भी

इसी मामूरे में आबाद थे यूनानी भी
इसी दुनिया में यहूदी भी थे नसरानी भी

पर तिरे नाम पे तलवार उठाई किस ने
बात जो बिगड़ी हुई थी वो बनाई किस ने

थे हमीं एक तिरे मारका-आराओं में
ख़ुश्कियों में कभी लड़ते कभी दरियाओं में

दीं अज़ानें कभी यूरोप के कलीसाओं में
कभी अफ़्रीक़ा के तपते हुए सहराओं में

शान आँखों में न जचती थी जहाँ-दारों की
कलमा पढ़ते थे हमीं छाँव में तलवारों की

हम जो जीते थे तो जंगों की मुसीबत के लिए
और मरते थे तिरे नाम की अज़्मत के लिए

थी न कुछ तेग़ज़नी अपनी हुकूमत के लिए
सर-ब-कफ़ फिरते थे क्या दहर में दौलत के लिए

क़ौम अपनी जो ज़र-ओ-माल-ए-जहाँ पर मरती
बुत-फ़रोशीं के एवज़ बुत-शिकनी क्यूँ करती

टल न सकते थे अगर जंग में अड़ जाते थे
पाँव शेरों के भी मैदाँ से उखड़ जाते थे

तुझ से सरकश हुआ कोई तो बिगड़ जाते थे
तेग़ क्या चीज़ है हम तोप से लड़ जाते थे

नक़्श-ए-तौहीद का हर दिल पे बिठाया हम ने
ज़ेर-ए-ख़ंजर भी ये पैग़ाम सुनाया हम ने

तू ही कह दे कि उखाड़ा दर-ए-ख़ैबर किस ने
शहर क़ैसर का जो था उस को किया सर किस ने

तोड़े मख़्लूक़ ख़ुदावंदों के पैकर किस ने
काट कर रख दिए कुफ़्फ़ार के लश्कर किस ने

किस ने ठंडा किया आतिश-कदा-ए-ईराँ को
किस ने फिर ज़िंदा किया तज़्किरा-ए-यज़्दाँ को

कौन सी क़ौम फ़क़त तेरी तलबगार हुई
और तेरे लिए ज़हमत-कश-ए-पैकार हुई

किस की शमशीर जहाँगीर जहाँ-दार हुई
किस की तकबीर से दुनिया तिरी बेदार हुई

किस की हैबत से सनम सहमे हुए रहते थे
मुँह के बल गिर के हू-अल्लाहू-अहद कहते थे

आ गया ऐन लड़ाई में अगर वक़्त-ए-नमाज़
क़िबला-रू हो के ज़मीं-बोस हुई क़ौम-ए-हिजाज़

एक ही सफ़ में खड़े हो गए महमूद ओ अयाज़
न कोई बंदा रहा और न कोई बंदा-नवाज़

बंदा ओ साहब ओ मोहताज ओ ग़नी एक हुए
तेरी सरकार में पहुँचे तो सभी एक हुए

महफ़िल-ए-कौन-ओ-मकाँ में सहर ओ शाम फिरे
मय-ए-तौहीद को ले कर सिफ़त-ए-जाम फिरे

कोह में दश्त में ले कर तिरा पैग़ाम फिरे
और मालूम है तुझ को कभी नाकाम फिरे

दश्त तो दश्त हैं दरिया भी न छोड़े हम ने
बहर-ए-ज़ुल्मात में दौड़ा दिए घोड़े हम ने

सफ़्हा-ए-दहर से बातिल को मिटाया हम ने
नौ-ए-इंसाँ को ग़ुलामी से छुड़ाया हम ने

तेरे का'बे को जबीनों से बसाया हम ने
तेरे क़ुरआन को सीनों से लगाया हम ने

फिर भी हम से ये गिला है कि वफ़ादार नहीं
हम वफ़ादार नहीं तू भी तो दिलदार नहीं

उम्मतें और भी हैं उन में गुनहगार भी हैं
इज्ज़ वाले भी हैं मस्त-ए-मय-ए-पिंदार भी हैं

उन में काहिल भी हैं ग़ाफ़िल भी हैं हुश्यार भी हैं
सैकड़ों हैं कि तिरे नाम से बे-ज़ार भी हैं

रहमतें हैं तिरी अग़्यार के काशानों पर
बर्क़ गिरती है तो बेचारे मुसलमानों पर

बुत सनम-ख़ानों में कहते हैं मुसलमान गए
है ख़ुशी उन को कि का'बे के निगहबान गए

मंज़िल-ए-दहर से ऊँटों के हुदी-ख़्वान गए
अपनी बग़लों में दबाए हुए क़ुरआन गए

ख़ंदा-ज़न कुफ़्र है एहसास तुझे है कि नहीं
अपनी तौहीद का कुछ पास तुझे है कि नहीं

ये शिकायत नहीं हैं उन के ख़ज़ाने मामूर
नहीं महफ़िल में जिन्हें बात भी करने का शुऊ'र

क़हर तो ये है कि काफ़िर को मिलें हूर ओ क़ुसूर
और बेचारे मुसलमाँ को फ़क़त वादा-ए-हूर

अब वो अल्ताफ़ नहीं हम पे इनायात नहीं
बात ये क्या है कि पहली सी मुदारात नहीं

क्यूँ मुसलमानों में है दौलत-ए-दुनिया नायाब
तेरी क़ुदरत तो है वो जिस की न हद है न हिसाब

तू जो चाहे तो उठे सीना-ए-सहरा से हबाब
रह-रव-ए-दश्त हो सैली-ज़दा-ए-मौज-ए-सराब

तान-ए-अग़्यार है रुस्वाई है नादारी है
क्या तिरे नाम पे मरने का एवज़ ख़्वारी है

बनी अग़्यार की अब चाहने वाली दुनिया
रह गई अपने लिए एक ख़याली दुनिया

हम तो रुख़्सत हुए औरों ने सँभाली दुनिया
फिर न कहना हुई तौहीद से ख़ाली दुनिया

हम तो जीते हैं कि दुनिया में तिरा नाम रहे
कहीं मुमकिन है कि साक़ी न रहे जाम रहे

तेरी महफ़िल भी गई चाहने वाले भी गए
शब की आहें भी गईं सुब्ह के नाले भी गए

दिल तुझे दे भी गए अपना सिला ले भी गए
आ के बैठे भी न थे और निकाले भी गए

आए उश्शाक़ गए वादा-ए-फ़र्दा ले कर
अब उन्हें ढूँड चराग़-ए-रुख़-ए-ज़ेबा ले कर

दर्द-ए-लैला भी वही क़ैस का पहलू भी वही
नज्द के दश्त ओ जबल में रम-ए-आहू भी वही

इश्क़ का दिल भी वही हुस्न का जादू भी वही
उम्मत-ए-अहमद-ए-मुर्सिल भी वही तू भी वही

फिर ये आज़ुर्दगी-ए-ग़ैर सबब क्या मा'नी
अपने शैदाओं पे ये चश्म-ए-ग़ज़ब क्या मा'नी

तुझ को छोड़ा कि रसूल-ए-अरबी को छोड़ा
बुत-गरी पेशा किया बुत-शिकनी को छोड़ा

इश्क़ को इश्क़ की आशुफ़्ता-सरी को छोड़ा
रस्म-ए-सलमान ओ उवैस-ए-क़रनी को छोड़ा

आग तकबीर की सीनों में दबी रखते हैं
ज़िंदगी मिस्ल-ए-बिलाल-ए-हबशी रखते हैं

इश्क़ की ख़ैर वो पहली सी अदा भी न सही
जादा-पैमाई-ए-तस्लीम-ओ-रज़ा भी न सही

मुज़्तरिब दिल सिफ़त-ए-क़िबला-नुमा भी न सही
और पाबंदी-ए-आईन-ए-वफ़ा भी न सही

कभी हम से कभी ग़ैरों से शनासाई है
बात कहने की नहीं तू भी तो हरजाई है

सर-ए-फ़ाराँ पे किया दीन को कामिल तू ने
इक इशारे में हज़ारों के लिए दिल तू ने

आतिश-अंदोज़ किया इश्क़ का हासिल तू ने
फूँक दी गर्मी-ए-रुख़्सार से महफ़िल तू ने

आज क्यूँ सीने हमारे शरर-आबाद नहीं
हम वही सोख़्ता-सामाँ हैं तुझे याद नहीं

वादी-ए-नज्द में वो शोर-ए-सलासिल न रहा
क़ैस दीवाना-ए-नज़्ज़ारा-ए-महमिल न रहा

हौसले वो न रहे हम न रहे दिल न रहा
घर ये उजड़ा है कि तू रौनक़-ए-महफ़िल न रहा

ऐ ख़ुशा आँ रोज़ कि आई ओ ब-सद नाज़ आई
बे-हिजाबाना सू-ए-महफ़िल-ए-मा बाज़ आई

बादा-कश ग़ैर हैं गुलशन में लब-ए-जू बैठे
सुनते हैं जाम-ब-कफ़ नग़मा-ए-कू-कू बैठे

दौर हंगामा-ए-गुलज़ार से यकसू बैठे
तेरे दीवाने भी हैं मुंतज़िर-ए-हू बैठे

अपने परवानों को फिर ज़ौक़-ए-ख़ुद-अफ़रोज़ी दे
बर्क़-ए-देरीना को फ़रमान-ए-जिगर-सोज़ी दे

क़ौम-ए-आवारा इनाँ-ताब है फिर सू-ए-हिजाज़
ले उड़ा बुलबुल-ए-बे-पर को मज़ाक़-ए-परवाज़

मुज़्तरिब-बाग़ के हर ग़ुंचे में है बू-ए-नियाज़
तू ज़रा छेड़ तो दे तिश्ना-ए-मिज़राब है साज़

नग़मे बेताब हैं तारों से निकलने के लिए
तूर मुज़्तर है उसी आग में जलने के लिए

मुश्किलें उम्मत-ए-मरहूम की आसाँ कर दे
मोर-ए-बे-माया को हम-दोश-ए-सुलेमाँ कर दे

जिंस-ए-नायाब-ए-मोहब्बत को फिर अर्ज़ां कर दे
हिन्द के दैर-नशीनों को मुसलमाँ कर दे

जू-ए-ख़ूँ मी चकद अज़ हसरत-ए-दैरीना-ए-मा
मी तपद नाला ब-निश्तर कद-ए-सीना-ए-मा

बू-ए-गुल ले गई बैरून-ए-चमन राज़-ए-चमन
क्या क़यामत है कि ख़ुद फूल हैं ग़म्माज़-ए-चमन

अहद-ए-गुल ख़त्म हुआ टूट गया साज़-ए-चमन
उड़ गए डालियों से ज़मज़मा-पर्दाज़-ए-चमन

एक बुलबुल है कि महव-ए-तरन्नुम अब तक
उस के सीने में है नग़्मों का तलातुम अब तक

क़ुमरियाँ शाख़-ए-सनोबर से गुरेज़ाँ भी हुईं
पत्तियाँ फूल की झड़ झड़ के परेशाँ भी हुईं

वो पुरानी रौशें बाग़ की वीराँ भी हुईं
डालियाँ पैरहन-ए-बर्ग से उर्यां भी हुईं

क़ैद-ए-मौसम से तबीअत रही आज़ाद उस की
काश गुलशन में समझता कोई फ़रियाद उस की

लुत्फ़ मरने में है बाक़ी न मज़ा जीने में
कुछ मज़ा है तो यही ख़ून-ए-जिगर पीने में

कितने बेताब हैं जौहर मिरे आईने में
किस क़दर जल्वे तड़पते हैं मिरे सीने में

इस गुलिस्ताँ में मगर देखने वाले ही नहीं
दाग़ जो सीने में रखते हों वो लाले ही नहीं

चाक इस बुलबुल-ए-तन्हा की नवा से दिल हों
जागने वाले इसी बाँग-ए-दरा से दिल हों

या'नी फिर ज़िंदा नए अहद-ए-वफ़ा से दिल हों
फिर इसी बादा-ए-दैरीना के प्यासे दिल हों

अजमी ख़ुम है तो क्या मय तो हिजाज़ी है मिरी
नग़्मा हिन्दी है तो क्या लय तो हिजाज़ी है मिरी

जवाब ए शिकवा

दिल से जो बात निकलती है असर रखती है
पर नहीं ताक़त-ए-परवाज़ मगर रखती है

क़ुदसी-उल-अस्ल है रिफ़अत पे नज़र रखती है
ख़ाक से उठती है गर्दूं पे गुज़र रखती है

इश्क़ था फ़ित्नागर ओ सरकश ओ चालाक मिरा
आसमाँ चीर गया नाला-ए-बेबाक मिरा

पीर-ए-गर्दूं ने कहा सुन के कहीं है कोई
बोले सय्यारे सर-ए-अर्श-ए-बरीं है कोई

चाँद कहता था नहीं अहल-ए-ज़मीं है कोई
कहकशाँ कहती थी पोशीदा यहीं है कोई

कुछ जो समझा मिरे शिकवे को तो रिज़वाँ समझा
मुझ को जन्नत से निकाला हुआ इंसाँ समझा

थी फ़रिश्तों को भी हैरत कि ये आवाज़ है क्या
अर्श वालों पे भी खुलता नहीं ये राज़ है क्या

ता-सर-ए-अर्श भी इंसाँ की तग-ओ-ताज़ है क्या
आ गई ख़ाक की चुटकी को भी परवाज़ है क्या

ग़ाफ़िल आदाब से सुक्कान-ए-ज़मीं कैसे हैं
शोख़ ओ गुस्ताख़ ये पस्ती के मकीं कैसे हैं

इस क़दर शोख़ कि अल्लाह से भी बरहम है
था जो मस्जूद-ए-मलाइक ये वही आदम है

आलिम-ए-कैफ़ है दाना-ए-रुमूज़-ए-कम है
हाँ मगर इज्ज़ के असरार से ना-महरम है

नाज़ है ताक़त-ए-गुफ़्तार पे इंसानों को
बात करने का सलीक़ा नहीं नादानों को

आई आवाज़ ग़म-अंगेज़ है अफ़्साना तिरा
अश्क-ए-बेताब से लबरेज़ है पैमाना तिरा

आसमाँ-गीर हुआ नारा-ए-मस्ताना तिरा
किस क़दर शोख़-ज़बाँ है दिल-ए-दीवाना तिरा

शुक्र शिकवे को किया हुस्न-ए-अदा से तू ने
हम-सुख़न कर दिया बंदों को ख़ुदा से तू ने

हम तो माइल-ब-करम हैं कोई साइल ही नहीं
राह दिखलाएँ किसे रह-रव-ए-मंज़िल ही नहीं

तर्बियत आम तो है जौहर-ए-क़ाबिल ही नहीं
जिस से तामीर हो आदम की ये वो गिल ही नहीं

कोई क़ाबिल हो तो हम शान-ए-कई देते हैं
ढूँडने वालों को दुनिया भी नई देते हैं

हाथ बे-ज़ोर हैं इल्हाद से दिल ख़ूगर हैं
उम्मती बाइस-ए-रुस्वाई-ए-पैग़म्बर हैं

बुत-शिकन उठ गए बाक़ी जो रहे बुत-गर हैं
था ब्राहीम पिदर और पिसर आज़र हैं

बादा-आशाम नए बादा नया ख़ुम भी नए
हरम-ए-काबा नया बुत भी नए तुम भी नए

वो भी दिन थे कि यही माया-ए-रानाई था
नाज़िश-ए-मौसम-ए-गुल लाला-ए-सहराई था

जो मुसलमान था अल्लाह का सौदाई था
कभी महबूब तुम्हारा यही हरजाई था

किसी यकजाई से अब अहद-ए-ग़ुलामी कर लो
मिल्लत-ए-अहमद-ए-मुर्सिल को मक़ामी कर लो

किस क़दर तुम पे गिराँ सुब्ह की बेदारी है
हम से कब प्यार है हाँ नींद तुम्हें प्यारी है

तब-ए-आज़ाद पे क़ैद-ए-रमज़ाँ भारी है
तुम्हीं कह दो यही आईन-ए-वफ़ादारी है

क़ौम मज़हब से है मज़हब जो नहीं तुम भी नहीं
जज़्ब-ए-बाहम जो नहीं महफ़िल-ए-अंजुम भी नहीं

जिन को आता नहीं दुनिया में कोई फ़न तुम हो
नहीं जिस क़ौम को परवा-ए-नशेमन तुम हो

बिजलियाँ जिस में हों आसूदा वो ख़िर्मन तुम हो
बेच खाते हैं जो अस्लाफ़ के मदफ़न तुम हो

हो निको नाम जो क़ब्रों की तिजारत कर के
क्या न बेचोगे जो मिल जाएँ सनम पत्थर के

सफ़्हा-ए-दहर से बातिल को मिटाया किस ने
नौ-ए-इंसाँ को ग़ुलामी से छुड़ाया किस ने

मेरे काबे को जबीनों से बसाया किस ने
मेरे क़ुरआन को सीनों से लगाया किस ने

थे तो आबा वो तुम्हारे ही मगर तुम क्या हो
हाथ पर हाथ धरे मुंतज़िर-ए-फ़र्दा हो

क्या कहा बहर-ए-मुसलमाँ है फ़क़त वादा-ए-हूर
शिकवा बेजा भी करे कोई तो लाज़िम है शुऊर

अदल है फ़ातिर-ए-हस्ती का अज़ल से दस्तूर
मुस्लिम आईं हुआ काफ़िर तो मिले हूर ओ क़ुसूर

तुम में हूरों का कोई चाहने वाला ही नहीं
जल्वा-ए-तूर तो मौजूद है मूसा ही नहीं

मंफ़अत एक है इस क़ौम का नुक़सान भी एक
एक ही सब का नबी दीन भी ईमान भी एक

हरम-ए-पाक भी अल्लाह भी क़ुरआन भी एक
कुछ बड़ी बात थी होते जो मुसलमान भी एक

फ़िरक़ा-बंदी है कहीं और कहीं ज़ातें हैं
क्या ज़माने में पनपने की यही बातें हैं

कौन है तारिक-ए-आईन-ए-रसूल-ए-मुख़्तार
मस्लहत वक़्त की है किस के अमल का मेआर

किस की आँखों में समाया है शिआर-ए-अग़्यार
हो गई किस की निगह तर्ज़-ए-सलफ़ से बे-ज़ार

क़ल्ब में सोज़ नहीं रूह में एहसास नहीं
कुछ भी पैग़ाम-ए-मोहम्मद का तुम्हें पास नहीं

जा के होते हैं मसाजिद में सफ़-आरा तो ग़रीब
ज़हमत-ए-रोज़ा जो करते हैं गवारा तो ग़रीब

नाम लेता है अगर कोई हमारा तो ग़रीब
पर्दा रखता है अगर कोई तुम्हारा तो ग़रीब

उमरा नश्शा-ए-दौलत में हैं ग़ाफ़िल हम से
ज़िंदा है मिल्लत-ए-बैज़ा ग़ुरबा के दम से

वाइज़-ए-क़ौम की वो पुख़्ता-ख़याली न रही
बर्क़-ए-तबई न रही शोला-मक़ाली न रही

रह गई रस्म-ए-अज़ाँ रूह-ए-बिलाली न रही
फ़ल्सफ़ा रह गया तल्क़ीन-ए-ग़ज़ाली न रही

मस्जिदें मर्सियाँ-ख़्वाँ हैं कि नमाज़ी न रहे
यानी वो साहिब-ए-औसाफ़-ए-हिजाज़ी न रहे

शोर है हो गए दुनिया से मुसलमाँ नाबूद
हम ये कहते हैं कि थे भी कहीं मुस्लिम मौजूद

वज़अ में तुम हो नसारा तो तमद्दुन में हुनूद
ये मुसलमाँ हैं जिन्हें देख के शरमाएँ यहूद

यूँ तो सय्यद भी हो मिर्ज़ा भी हो अफ़ग़ान भी हो
तुम सभी कुछ हो बताओ तो मुसलमान भी हो

दम-ए-तक़रीर थी मुस्लिम की सदाक़त बेबाक
अदल उस का था क़वी लौस-ए-मराआत से पाक

शजर-ए-फ़ितरत-ए-मुस्लिम था हया से नमनाक
था शुजाअत में वो इक हस्ती-ए-फ़ोक़-उल-इदराक

ख़ुद-गुदाज़ी नम-ए-कैफ़ियत-ए-सहबा-यश बूद
ख़ाली-अज़-ख़ेश शुदन सूरत-ए-मीना-यश बूद

हर मुसलमाँ रग-ए-बातिल के लिए नश्तर था
उस के आईना-ए-हस्ती में अमल जौहर था

जो भरोसा था उसे क़ुव्वत-ए-बाज़ू पर था
है तुम्हें मौत का डर उस को ख़ुदा का डर था

बाप का इल्म न बेटे को अगर अज़बर हो
फिर पिसर क़ाबिल-ए-मीरास-ए-पिदर क्यूँकर हो

हर कोई मस्त-ए-मय-ए-ज़ौक़-ए-तन-आसानी है
तुम मुसलमाँ हो ये अंदाज़-ए-मुसलमानी है

हैदरी फ़क़्र है ने दौलत-ए-उस्मानी है
तुम को अस्लाफ़ से क्या निस्बत-ए-रूहानी है

वो ज़माने में मुअज़्ज़िज़ थे मुसलमाँ हो कर
और तुम ख़्वार हुए तारिक-ए-क़ुरआँ हो कर

तुम हो आपस में ग़ज़बनाक वो आपस में रहीम
तुम ख़ता-कार ओ ख़ता-बीं वो ख़ता-पोश ओ करीम

चाहते सब हैं कि हों औज-ए-सुरय्या पे मुक़ीम
पहले वैसा कोई पैदा तो करे क़ल्ब-ए-सलीम

तख़्त-ए-फ़ग़्फ़ूर भी उन का था सरीर-ए-कए भी
यूँ ही बातें हैं कि तुम में वो हमियत है भी

ख़ुद-कुशी शेवा तुम्हारा वो ग़यूर ओ ख़ुद्दार
तुम उख़ुव्वत से गुरेज़ाँ वो उख़ुव्वत पे निसार

तुम हो गुफ़्तार सरापा वो सरापा किरदार
तुम तरसते हो कली को वो गुलिस्ताँ ब-कनार

अब तलक याद है क़ौमों को हिकायत उन की
नक़्श है सफ़्हा-ए-हस्ती पे सदाक़त उन की

मिस्ल-ए-अंजुम उफ़ुक़-ए-क़ौम पे रौशन भी हुए
बुत-ए-हिन्दी की मोहब्बत में बिरहमन भी हुए

शौक़-ए-परवाज़ में महजूर-ए-नशेमन भी हुए
बे-अमल थे ही जवाँ दीन से बद-ज़न भी हुए

इन को तहज़ीब ने हर बंद से आज़ाद किया
ला के काबे से सनम-ख़ाने में आबाद किया

क़ैस ज़हमत-कश-ए-तन्हाई-ए-सहरा न रहे
शहर की खाए हवा बादिया-पैमा न रहे

वो तो दीवाना है बस्ती में रहे या न रहे
ये ज़रूरी है हिजाब-ए-रुख़-ए-लैला न रहे

गिला-ए-ज़ौर न हो शिकवा-ए-बेदाद न हो
इश्क़ आज़ाद है क्यूँ हुस्न भी आज़ाद न हो

अहद-ए-नौ बर्क़ है आतिश-ज़न-ए-हर-ख़िर्मन है
ऐमन इस से कोई सहरा न कोई गुलशन है

इस नई आग का अक़्वाम-ए-कुहन ईंधन है
मिल्लत-ए-ख़त्म-ए-रसूल शोला-ब-पैराहन है

आज भी हो जो ब्राहीम का ईमाँ पैदा
आग कर सकती है अंदाज़-ए-गुलिस्ताँ पैदा

देख कर रंग-ए-चमन हो न परेशाँ माली
कौकब-ए-ग़ुंचा से शाख़ें हैं चमकने वाली

ख़स ओ ख़ाशाक से होता है गुलिस्ताँ ख़ाली
गुल-बर-अंदाज़ है ख़ून-ए-शोहदा की लाली

रंग गर्दूं का ज़रा देख तो उन्नाबी है
ये निकलते हुए सूरज की उफ़ुक़-ताबी है

उम्मतें गुलशन-ए-हस्ती में समर-चीदा भी हैं
और महरूम-ए-समर भी हैं ख़िज़ाँ-दीदा भी हैं

सैकड़ों नख़्ल हैं काहीदा भी बालीदा भी हैं
सैकड़ों बत्न-ए-चमन में अभी पोशीदा भी हैं

नख़्ल-ए-इस्लाम नमूना है बिरौ-मंदी का
फल है ये सैकड़ों सदियों की चमन-बंदी का

पाक है गर्द-ए-वतन से सर-ए-दामाँ तेरा
तू वो यूसुफ़ है कि हर मिस्र है कनआँ तेरा

क़ाफ़िला हो न सकेगा कभी वीराँ तेरा
ग़ैर यक-बाँग-ए-दारा कुछ नहीं सामाँ तेरा

नख़्ल-ए-शमा अस्ती ओ दर शोला दो-रेशा-ए-तू
आक़िबत-सोज़ बवद साया-ए-अँदेशा-ए-तू

तू न मिट जाएगा ईरान के मिट जाने से
नश्शा-ए-मय को तअल्लुक़ नहीं पैमाने से

है अयाँ यूरिश-ए-तातार के अफ़्साने से
पासबाँ मिल गए काबे को सनम-ख़ाने से

कश्ती-ए-हक़ का ज़माने में सहारा तू है
अस्र-ए-नौ-रात है धुँदला सा सितारा तू है

है जो हंगामा बपा यूरिश-ए-बुलग़ारी का
ग़ाफ़िलों के लिए पैग़ाम है बेदारी का

तू समझता है ये सामाँ है दिल-आज़ारी का
इम्तिहाँ है तिरे ईसार का ख़ुद्दारी का

क्यूँ हिरासाँ है सहिल-ए-फ़रस-ए-आदा से
नूर-ए-हक़ बुझ न सकेगा नफ़स-ए-आदा से

चश्म-ए-अक़्वाम से मख़्फ़ी है हक़ीक़त तेरी
है अभी महफ़िल-ए-हस्ती को ज़रूरत तेरी

ज़िंदा रखती है ज़माने को हरारत तेरी
कौकब-ए-क़िस्मत-ए-इम्काँ है ख़िलाफ़त तेरी

वक़्त-ए-फ़ुर्सत है कहाँ काम अभी बाक़ी है
नूर-ए-तौहीद का इत्माम अभी बाक़ी है

मिस्ल-ए-बू क़ैद है ग़ुंचे में परेशाँ हो जा
रख़्त-बर-दोश हवा-ए-चमनिस्ताँ हो जा

है तुनक-माया तू ज़र्रे से बयाबाँ हो जा
नग़्मा-ए-मौज है हंगामा-ए-तूफ़ाँ हो जा

क़ुव्वत-ए-इश्क़ से हर पस्त को बाला कर दे
दहर में इस्म-ए-मोहम्मद से उजाला कर दे

हो न ये फूल तो बुलबुल का तरन्नुम भी न हो
चमन-ए-दह्र में कलियों का तबस्सुम भी न हो

ये न साक़ी हो तो फिर मय भी न हो ख़ुम भी न हो
बज़्म-ए-तौहीद भी दुनिया में न हो तुम भी न हो

ख़ेमा-ए-अफ़्लाक का इस्तादा इसी नाम से है
नब्ज़-ए-हस्ती तपिश-आमादा इसी नाम से है

दश्त में दामन-ए-कोहसार में मैदान में है
बहर में मौज की आग़ोश में तूफ़ान में है

चीन के शहर मराक़श के बयाबान में है
और पोशीदा मुसलमान के ईमान में है

चश्म-ए-अक़्वाम ये नज़्ज़ारा अबद तक देखे
रिफ़अत-ए-शान-ए-रफ़ाना-लका-ज़िक्र देखे

मर्दुम-ए-चश्म-ए-ज़मीं यानी वो काली दुनिया
वो तुम्हारे शोहदा पालने वाली दुनिया

गर्मी-ए-मेहर की परवरदा हिलाली दुनिया
इश्क़ वाले जिसे कहते हैं बिलाली दुनिया

तपिश-अंदोज़ है इस नाम से पारे की तरह
ग़ोता-ज़न नूर में है आँख के तारे की तरह

अक़्ल है तेरी सिपर इश्क़ है शमशीर तिरी
मिरे दरवेश ख़िलाफ़त है जहाँगीर तिरी

मा-सिवा-अल्लाह के लिए आग है तकबीर तिरी
तू मुसलमाँ हो तो तक़दीर है तदबीर तिरी

की मोहम्मद से वफ़ा तू ने तो हम तेरे हैं
ये जहाँ चीज़ है क्या लौह-ओ-क़लम तेरे हैं

अहद ए तिफ़्ली[1]

हाँ उठा है साहिरे अय्याम[2] से जादू भरा
अफ़लाके गर्दूं न हो महवे रमे आहू[3] ज़रा

1. बचपन की प्रतिज्ञा 2. समयरूपी जादूगर 3. हरिण की चाल देखने में तल्लीन।

हाय फिर आ जा कहीं से उस रगे जां[4] तू ज़रा
ला वो नज़्ज़ारा पा ए चश्मे तमाशाजू[5] ज़रा

ख़ून रुलवाते हैं अय्यामे जवानी के मज़े
लो कहीं से फिर वही अय्यामे तिफ़ली के मज़े

हाय वो आलम कि आलमगीर थी अपनी अदा
ग़ैरते सद फ़स्ले गुल[6] थी अपने गुलशन की हवा

मक्तबे तिफ़ली[7] में ग़ैर अज दर्से आज़ादी न था
जंगे अफ़कारे जहाँ[8] से शीशा ए दिल था सफ़ा

मायादारे सद मुसर्रत[9] इक तबस्सुम था मेरा
गोशे दिल लग जाए जिस पर वो तकल्लुम[10] था मेरा

आह ऐ दुनिया नमक पाशे ख़राशे दिल है तू
जिसके हर दाने में सौ बिजली हों वो हासिल है तू

जो मुसाफ़िर से परे रहती है वो मंज़िल है तू
जिसको लैला माया ए वहशत हो वो महफ़िल है तू

---

4. बीता हुआ जीवन 5. दृश्यों को ढूंढ़ने वाली आँख 6. वसन्त ऋतु से अच्छा 7. बाल्यकाल की पाठशाला 8. संसार की चिन्ताओं का जंग 9. सैकड़ों प्रकार के हाथों से मालामाल 10. बोली।

तेरे हाथों कोई जूया ए मये तस्कीं न हो
मन अज़ामारे ज़मीने गुलसितां गुलचीं न हो

आज़ादि ए निस्वां

इस बहस का कुछ फ़ैसला मैं कर नहीं सकता
गो ख़ूब समझता हूँ कि ये ज़हर है वो क़न्द[1]

क्या फ़ायदा कुछ कह के बनूं और भी मातूब[2]
पहले ही ख़फ़ा[3] मुझसे हैं तहज़ीब के फ़र्ज़न्द

इस राज़ को औरत की बसीरत[4] ही करे फ़ाश
मजबूर हैं माज़ूर[5] हैं, मर्दाने ख़िरदमन्द[6]

क्या चीज़ है आराइश ओ क़ीमत में ज़ियादा
आज़ादि ए निस्वां[7] के ज़मर्रुद[8] का गुलूबन्द

---

1. मीठा 2. क्रोध का सहभागी 3. नाराज़ 4. बुद्धिमत्ता 5. लाचार 6. बुद्धिमान मर्द 7. औरत की आज़ादी 8. पन्ना रत्न।

आफ़्ताबे सुबह

शोरिशे मैख़ाना ए इंसां[1] से बालातर[2] है तू
ज़ीनते बज़्मे फ़लक[3] हो जिससे वो साग़र[4] है तू

हो दुरे गोशे उरूसे सुब्ह[5] वो गौहर है तू
जिस पे सीमा ए उफ़क़[6] नाज़ां[7] हो वो ज़ेवर है तू

सफ़हा ए अय्याम[8] से दाग़े मदारे शब[9] मिटा
आसमां से नक़्शे बातिल की तरह कोकब[10] मिटा

हुस्न तेरा जब हुआ बामे फ़लक से जल्वागर
आँख से उड़ता है यकदम ख़्वाब की मै का असर

नूर[11] से मामूर[12] हो जाता है दामाने नज़र
खोलती है चश्मे ज़ाहिर को ज़िया तेरी मगर

ढूंढ़ती हैं जिसको आँखें वो तमाशा चाहिए
चश्मे बातिन[13] जिससे खुल जाये वो जल्वा चाहिए

1. शराबघर में हंगामा करने वाला 2. अधिक ऊँचा 3. आकाशरूपी सभा की शोभा 4. शराब का प्याला 5. सुबह की दुल्हिन 6. क्षितिज 7. घमण्डी 8. भाग्यहीन पृष्ठ 9. रातरूपी दास 10. चमकता हुआ बड़ा सितारा 11. प्रकाश 12. भर जाना 13. दिलरूपी नेत्र।

इंसान

मंजर चमनिस्तां के ज़ेबा[1] हों कि ना ज़ेबा[2]
महरूमे अमल नरगिस[3] मजबूरे तमाशा[4] है

रफ़तार की लज़्ज़त का एहसास नहीं उसको
फ़ितरत ही सनोबर[5] की महरूमे तमन्ना है

तस्लीम[6] की ख़ूगर है जो चीज़ है दुनिया में
इंसान की हर कुव्वत सरगर्मे तक़ाज़ा है

इस ज़र्रे को रहती है वुसअत[7] की हवस हरदम
ये ज़र्रा नहीं शायद सिमटा हुआ सहरा है

चाहे तो बदल डाले हैयत[8] चमनिस्तां की
ये हस्ती ए दाना[9] है बीना[10] है ये तकना[11] है

---

1. भले 2. बुरे 3. एक फूल जिसकी उपमा नेत्रों से देते हैं 4. देखने पर विवश 5. एक वृक्ष का नाम 6. स्वीकार 7. विस्तार 8. स्थिति 9. बुद्धिमान 10. देखने वाला 11. बढ़ई।

इक शोख़ किरन

इक शोख़[1] किरन शोख़ मिसाले निगहे हूर[2]
आराम से फ़ारिग़ सिफ़ते जौहरे सीमाब[3]

बोली कि मुझे रुख़्सते तनवीर[4] अता हो
जब तक न हो मशरिक़ का हर इक ज़र्रा जहाँताब

छोड़ूंगी न मैं हिन्द की तारीक फ़ज़ा को
जब तक न उठें ख़्वाब से मर्दाने गरां ख़्वाब[5]

ख़ावर[6] की उमीदों का यही ख़ाक है मरकज़
'इक़बाल' के अश्कों से यही ख़ाक है सैराब

चश्मे मह ओ परवीं[7] है इसी ख़ाक से रौशन
ये ख़ाक कि है जिसका ख़ज़फ़[8] रेज़ा ए दुरनाब[9]

इस ख़ाक से उट्ठे हैं वो ग़व्वासे मआनी[10]
जिनके लिए हर बह्रे पुरआशोब[11] है पायाब[12]

1. चंचल 2. हूर की निगाह की भाँति 3. पारे की प्रहरति की भाँति 4. प्रकाश की विदाई 5. गहरी नींद में सोये हुए लोग 6. सूरज 7. चाँद-सितारों की आँख 8. कण 9. मोती चमकाने वाला 10. माने हुए गोताखोर 11. भरा हुआ और उपद्रव करने वाला समुद्र 12. सूखा।

जिस साज़ के नग़्मों से हरारत थी दिलों में
महफ़िल का वही साज़ है बेगाना ए मिज़राब

बुतख़ाने के दरवाज़े पे सोता है बिरहमन
तक़दीर को रोता है मुसलमां तहे मेहराब

मशरिक़ से हो बेज़ार न मग़रिब से हज़र[13] कर
फ़ितरत का इशारा है कि हर शब को सहर कर

---

13. नया शिवाला।

सच कह दूं ऐ बिरहमन गर तू बुरा न माने
तेरे सनमकदों के बुत हो गये पुराने

अपनों से बैर रखना तूने बुतों से सीखा
जंग ओ जदल[1] सिखाया, वाइज़ को भी ख़ुदा ने

तंग आ के मैंने आख़िर दैर ओ हरम[2] को छोड़ा
वाइज़[3] का वाज़ छोड़ा, छोड़े तेरे फ़साने

पत्थर की मूरतों में समझा है तू ख़ुदा है
ख़ाके वतन का मुझको हर ज़र्रा देवता है

आ ग़ैरियत[4] के परदे इक बार फिर उठा दें
बिछड़ों को फिर मिला दें नक़्शे दुई मिटा दें

सूनी पड़ी हुई है मुद्दत से दिल की बस्ती
आ इक नया शिवाला[5] इस देश में बना दें

दुनिया के तीरथों से ऊँचा हो अपना तीरथ
दामाने आसमां से उसका कलस मिला दें

हर सुबह उठ के गायें मन्तर वो मीठे-मीठे
सारे पुजारियों को मै पीत की पिला दें

शक्ती भी शान्ती भी भक्तों के गीत में है
धरती के वासियों की मुक्ती प्रीत में है

1. लड़ाई-झगड़े 2. मन्दिर और मस्जिद 3. उपदेशक 4. अजनबीपन 5. मन्दिर।

इल्म ओ इश्क़

इल्म ने मुझसे कहा इश्क़ है दीवानापन
इश्क़ ने मुझसे कहा इल्म है तख़्मीन ओ ज़न[1]
बन्दा ए तख़्मीन ओ ज़न किर्मे किताबी[2] न बन

1. हिसाब-किताब 2. किताबी कीड़ा।

इश्क़ सरापा हुज़ूर इश्क़ सरापा हिजाब
इश्क़ की गरमी से मारका ए कायनात[3]
इल्म मकामे सिफ़ात[4] इश्क़ तमाशा ए ज़ात[5]

इश्क़ सुकून ओ सबात[6] इश्क़ हयात ओ मुमात[7]
इल्म है पैदा सवाल इश्क़ है पिन्हां जवाब
इश्क़ के हैं मोजज़ात[8] सलनतओ फ़क्र ओ दीं[9]

इश्क़ के अदना ग़ुलाम साहबे ताज ओ नगीं[10]
इश्क़ मकान ओ मकीं इश्क़ ज़मान ओ ज़मीं
इश्क़ सरापा यक़ीं और यक़ीं फ़तहयाब

शरअ ए मुहब्बत में है इशरत मंज़िल[11] हराम
शोरिशे तूफ़ां हलाल लज़्ज़ते साहिल हराम
इश्क़ पे बिजली हलाल इश्क़ पे हासिल हराम

इल्म है इब्नुल किताब[12] इश्क़ है उम्मुल किताब[13]

---

3. ब्रह्माण्ड का संचालन 4. विशिष्ट स्थान 5. परमात्म दर्शन 6. सुख-शान्ति 7. जीवन-मृत्यु 8. चमत्कार 9. धर्म और साधुता का राज्य 10. राजे-महाराजे। 11. मंज़िल का सुख 12. किताब का बेटा 13. किताब की माँ।

एक आरज़ू

दुनिया की महफ़िलों से उकता गया हूँ यारब
क्या लुत्फ़[1] अंजुमन का जब दिल ही बुझ गया हो

शोरिश[2] से भागता हूँ दिल ढूंढ़ता है मेरा
ऐसा सुकून[3] जिस पर तक़दीर भी फ़िदा[4] हो

मरता हूँ ख़ामुशी पर ये आरज़ू है मेरी
दामन में कोह के इक छोटा-सा झोंपड़ा हो

हो हाथ का सिरहाना सब्ज़े का हो बिछौना
शरमाए जिससे जल्वत[5] ख़िल्वत[6] में वो अदा हो

मानूस[7] इस क़दर हो सूरत से मेरी बुलबुल
नन्हे से दिल में उसके खटका न कुछ मेरा हो

आग़ोश[8] में ज़मीं की सोया हुआ हो सब्ज़ा
फिर-फिर के झाड़ियों में पानी चमक रहा हो

पानी को छू रही हो झुक-झुक के गुल की टहनी
जैसे हसीन कोई आईना देखता हो

---

1. आनन्द 2. परेशानी 3. ठहराव 4. मेहरबानी 5. प्रकट होना 6. एकान्त 7. प्रेम-भाव 8. गोद।

फूलों को आये जिस दम शबनम वज़ू[9] कराने
रोना मेरा वज़ू हो नाला मेरी दुआ हो

हर दर्दमन्द दिल को रोना मेरा रुला दे
बेहोश जो पड़े हैं शायद उन्हें जगा दे

---

9. नमाज़ पढ़ने के लिए हाथ-पैर और मुँह आदि धोना।

ओ ग़ाफ़िल अफ़ग़ान

रूमी बदले शामी बदले बदला हिन्दुस्तान
तू भी ऐ फ़र्ज़ंने कुहिस्तां अपनी ख़ुदी पहचान

अपनी ख़ुदी पहचान
ओ ग़ाफ़िल अफ़ग़ान

मौसम अच्छा पानी वाफ़िर[1] मिट्टी भी ज़रखेज़
जिसने अपना खेत न सींचा वो कैसा दहक़ान

अपनी ख़ुदी पहचान
ओ ग़ाफ़िल अफ़ग़ान

ऊँची जिसकी लहर नहीं है वो कैसा दरिया
जिसकी हवाएँ तुन्द[2] नहीं हैं वो कैसा तूफ़ान

अपनी ख़ुदी पहचान
ओ ग़ाफ़िल अफ़ग़ान

ढूंढ के अपनी ख़ाक में जिसने पाया अपना आप[3]
उस बन्दे की दहक़ानी पर सुल्तानी[4] क़ुर्बान

---

1. अधिक 2. तेज़ 3. ख़ुदा 4. बादशाहत।

अपनी ख़ुदी पहचान
ओ ग़ाफ़िल अफ़ग़ान

तेरी बे इल्मी ने रख ली बे इल्मों की लाज
आलिम-फ़ाज़िल बेच रहे हैं अपना दीं ईमान

अपनी ख़ुदी पहचान
ओ ग़ाफ़िल अफ़ग़ान

औरत

हज़ार बार हकीमों[1] ने इसको सुलझाया
मगर ये मसअला ए ज़न[2] रहा वहीं का वहीं

कुसूर ज़न का नहीं है कुछ इस ख़राबी में
गवाह उनकी शराफ़त पे हैं मह ओ परवीं[3]

फ़साद का है फ़िरंगी मआशरत में ज़हूर
कि मर्द सादा है बेचारा ज़नशनास[4] नहीं

1. दार्शनिकों 2. औरतों की समस्या 3. चाँद और सितारे 4. औरतों को पहचानने वाला।

कौमी बीत

चिश्ती ने जिस ज़मीं पर पैग़ामे हक़ सुनाया
नानक ने जिस चमन में वहदत[1] का गीत गाया
तातारियों ने जिसको अपना वतन बनाया
जिसने हिजाज़ियों से दश्ते अरब[2] छुड़ाया

मेरा वतन वही है मेरा वतन वही है

यूनानियों को जिसने हैरान कर दिया था
सारे जहाँ को जिसने इल्मो हुनर दिया था
मिट्टी को जिसकी हक़ ने ज़र का असर दिया था
तुर्कों का जिसने दामन हीरों से भर दिया था

मेरा वतन वही है मेरा वतन वही है

टूटे थे जो सितारे फ़ारस के आसमां से
फिर ताब दे के जिसने चमकाये कहकशां[3] से
वहदत की लय सुनी थी दुनिया ने जिस मकां से
मीरे अरब को आयी ठण्डी हवा जहाँ से

मेरा वतन वही है मेरा वतन वही है

1. अद्वैतवाद 2. अरब का जंगल 3. आकाशगंगा।

बन्दे कलीम जिसके परबत जहाँ के सीना
नूहे नबी का आकर ठहरा जहाँ सफ़ीना
रिफ़अत है जिस ज़मीं की बामे फलक का ज़ीना
जन्नत की ज़िन्दगी है जिसकी फ़ज़ा में जीना

मेरा वतन वही है मेरा वतन वही है

ख़ुशामद

मैं कारे जहाँ से नहीं आगाह व लेकिन
अरबाबे नज़र से नहीं पोशीदा कोई राज़

कर तू भी हुकूमत के वज़ीरों की ख़ुशामद
दस्तूर नया और नये दौर का आग़ाज़

मालूम नहीं है ये ख़ुशामद कि हक़ीक़त
कह दे कोई उल्लू को अगर रात का शहबाज़[1]

---

1. शिकारी पक्षी बाज़।

अदाई

मैकदे में एक दिन इक रिन्दे ज़ीरक[1] ने कहा
है हमारे शह्र का वाली गदा ए बेहया[2]

ताज पहनाया है किसकी बेकलाही[3] ने उसे
किसकी उरयानी[4] ने बख़्शी है उसे ज़र्रीं क़बा[5]

उसके आबे लालागूं[6] की ख़ूने दहकां[7] से कशीद
तेरे-मेरे खेत की मिट्टी है उसकी कीमिया

उसके नेमतख़ाने[8] की हर चीज़ है माँगी हुई
देने वाला कौन है? मर्दे ग़रीबो बेनवा

माँगने वाला गदा[9] है सदका माँगे या ख़िराज़
कोई माने या न माने मीर ओ सुल्तां[10] सब गदा

---

1. बुद्धिमान शराबी 2. निर्लज्ज भिखमंगा 3. बिना टोपी वाले निर्धन 4 नंगापन 5. स्वर्णिम वस्त्र 6. शराब 7. किसान के रक्त से 8. भण्डार 9. भिखारी 10. अमीर और बादशाह।

चाँद

मेरे वीराने से कोसों दूर है तेरा वतन
है मगर दरिया ए दिल तेरी कशिश से मौजज़न[1]

क़स्द[2] किस महफ़िल का है आता है किस महफ़िल से तू
ज़र्द रू[3] शायद हुआ रंजे रहे मंज़िल[4] से तू

आफ़रीनिश[5] में सरापा नूर[6] तू ज़ुल्मत[7] हूँ मैं
इस सियाह रोज़ी[8] पे लेकिन तेरा हम क़िस्मत[9] हूँ मैं

एक हल्क़े[10] पर अगर क़ाइम तेरी रफ़्तार है
मेरी गर्दिश[11] भी मिसाले गर्दिशे परकार है

ज़िन्दगी की रह[12] में सरगर्दां[13] है तू हैरां हूँ मैं
तू फ़रोज़ां[14] महफ़िले हस्ती में है सोज़ां[15] हूँ मैं

मैं रहे मंज़िल में हूँ तू भी रहे मंज़िल में है
तेरी महफ़िल में जो ख़ामोशी है मेरे दिल में है

1. तरंगित 2. संकल्प 3. पीले मुँह वाला 4. मंज़िल तक पहुँचने में रास्ते की थकान 5. सृष्टिकाल 6. सिर से पाँव तक रौशनी 7. अन्धकार 8. दुर्भाग्य 9. एक समान भाग्य वाला 10. चक्र 11. भाग्यचक्र 12. मार्ग 13. घूम रहा 14. रौशन 15. जल रहा।

तू तलब ख़ू[16] है तो मेरा भी यही दस्तूर है
चाँदनी है नूर तेरा इश्क़ मेरा नूर है

---

16. भिखारी।

अंजुमन[1] है एक मेरी भी जहाँ रहता हूँ मैं
क्यू[2] में अपनी अगर यकता[3] है तू तनहा हूँ मैं

मेह्र[4] का परतौ[5] तेरे हक़ मैं है पेग़ामे अजल[6]
मह्व[7] कर देता है मुझको जल्वा ए हुस्ने अज़ल[8]

फिर भी ऐ माहे मुबीं[9] मैं और हूँ तू और है
दर्द जिस पहलू से उठता हो वो पहलू और है

गर्चे मैं ज़ुल्मत सरापा[10] हूँ सरापा नूर तू
सैकड़ों मंज़िल हैं ज़ौक़े आगही[11] से दूर तू

जो मेरी हस्ती का मक़सद है मुझे मालूम है
ये चमक वो है जबीं[12] जिससे तेरी महरूम[13] है

---

1. महफ़िल 2. सभा 3. अद्वितीय 4. सूरज 5. प्रकाश 6. मृत्यु का सन्देश 7. लीन 8. बड़े-बड़े नेत्रों का सौन्दर्य 9. प्रकाशमान चाँद 10. घोर अंधेरा 11. ज्ञान प्राप्त करने की रुचि 12. माथा 13. वंचित

चाँद और तारे

डरते-डरते दमे सहर[1] से
तारे कहने लगे क़मर[2] से

नज़्ज़ारे रहे वही फ़लक[3] पर
हम थक भी गये चमक-चमककर

काम अपना है सुबह ओ शाम चलना
चलना चलना मुदाम[4] चलना

बेताब है इस जहाँ की हर शै
कहते हैं जिसे सुकूँ[5] नहीं है

होगा कभी ख़त्म ये सफ़र क्या
मंज़िल कभी आयेगी नज़र क्या

कहने लगा चाँद हमनशीनो[6]
ऐ मज़रा ए शब[7] के खोशाचीनो[8]

---

1. प्रभातकाल 2. चाँद 3. आकाश 4. निरन्तर 5. चैन 6. साथियों 7. रात की खेती 8. बालियाँ।

ज़ुम्बिश[9] से है ज़िन्दगी जहाँ की
ये रस्मे क़दीम[10] है यहाँ की

इस रह में[11] मुक़ाम[12] बेमहल[13] है
पोशीदा[14] क़रार[15] में अज़ल[16] है

चलने वाले निकल गये हैं
जो ठेरे ज़रा कुचल गये हैं

अंजाम[17] है इस ख़िराम[18] का हुस्न
आग़ाज़[19] है इश्क़ इन्तिहा[20] हुस्न

चुनने वालो। 9. कर्म 10. प्राचीन रिवाज 11. रास्ता 12. ठहरना 13. व्यर्थ 14. छिपा हुआ 15. प्रतिज्ञा 16. मृत्यु 17. अन्त 18. मन्द गति 19. प्रारम्भ 20. चरम सीमा।

जावेद के नाम

(लन्दन से अपने बेटे के हाथ से लिखे पहले पत्र का उत्तर)

दयारे इश्क़[1] में अपना मुक़ाम पैदा कर
नया ज़माना, नए सुब्हो शाम पैदा कर

---

1. प्रेम के स्थान पर।

ख़ुदा अगर दिले फ़ितरत शनास[2] दे तुझको
सुकूते लाला ए गुल[3] से कलाम पैदा कर

उठा न शीशा गराने फिरंग के एहसां
सिफ़ाले हिन्द[4] से मीना ओ जाम पैदा कर

मैं शाख़े ताक[5] हूँ मेरी ग़ज़ल है मेरा समर[6]
मिरे समर से मए लालाफ़ाम[7] पैदा कर

मिरा तरीक़[8] अमीरी नहीं फ़क़ीरी है
ख़ुदी न बेच, ग़रीबी में नाम पैदा कर

---

2. प्रकृति को पहचानने की क्षमता 3. फूलों का मौन 4. भारत की मिट्टी 5. अंगूर की टहनी 6. फूल 7. लाल शराब 8. ढंग।

ज़िन्दगी

बरतर[1] अज़ अन्देशा ए सूद ओ ज़ियां[2] है ज़िन्दगी
है कभी जा और कभी तस्तीमे जां[3] है ज़िन्दगी

---

1. आगे बढ़कर 2. लाभ और हानि की आशंका 3. जान से अधिक।

तू इसे पैमाना ए इमरोज़ ओ फ़र्दा[4] न नाप
जाविदा[5] पैहम[6] रवां हरदम जवां है ज़िन्दगी

बन्दगी[7] में घुट के रह जाती है इक जू ए कम आब
और आज़ादी में बहे बेकरां[8] है ज़िन्दगी

आश्कारा[9] है ये अपनी क़ुव्वते तस्ख़ीर[10] से
गरचे इक मिट्टी के पैकर[11] में निहाँ[12] है ज़िन्दगी

कुल्ज़ुमे[13] हस्ती से तू उभरा है मानिन्दे हुबाब[14]
इस ज़ियांखाने में तेरा इम्तिहां है ज़िन्दगी

---

4. आज और कल का प्याला 5. अमर 6. निरन्तर 7. पूजा करना 8. उन्मुक्त सागर 9. स्प 10. जादू की शक्ति 11. चेहरा 12. छिपा हुआ 13. नदी के 14. बुलबुले की भाँति।

तराना ए हिन्द

सारे जहाँ से अच्छा हिन्दोस्तां हमारा
हम बुलबुलें हैं इसकी ये गुलसितां[1] हमारा

ग़ुर्बत[2] में हों अगर हम रहता है दिल वतन में
समझो वहीं हमें भी दिल हो जहाँ हमारा

---

1. बाग़ 2. परदेस।

परबत वो सबसे ऊँचा हमसाया[3] आसमां का
वो सन्तरी[4] हमारा वो पासबां[5] हमारा

गोदी में खेलती हैं इसकी हज़ारों नदियाँ
गुलशन है जिनके दम से रश्के जिनां[6] हमारा

ऐ आबरूदे गंगा वो दिन है याद तुझको
उतरा तेरे किनारे जब कारवां हमारा

मज़्हब[7] नहीं सिखाता आपस में बैर रखना
हिन्दी हैं हम वतन है हिन्दोस्तां हमारा

यूनान ओ मिस्त्र ओ रूमा सब मिट गये जहाँ से
अब तक मगर है बाक़ी नाम ओ निशां हमारा

3. पड़ोसी 4. पहरेदार 5. रक्षक 6. मेहंदीरूपी स्वाभिमान 7. धर्म।

तरबियत

ज़िन्दगी कुछ और शै है, इल्म है कुछ और शै
ज़िन्दगी सोज़े जिगर[1] है, इल्म है सोज़े दिमाग़[2]

1. दिल की जलन 2. मस्तिष्क की जलन।

इल्म में दौलत भी है क़ुदरत[3] भी है लज़्ज़त[4] भी है
एक मुश्किल है कि हाथ आता नहीं अपना सुराग़[5]

अह्ले दानिश[6] आम हैं कमयाब हैं अह्ले नज़र[7]
क्या तअज्जुब है कि ख़ाली रह गया तेरा अयाग़[8]

शैख़! मक्तब के तरीक़ों से कुशादे दिल[9] कहाँ
किस तरह किब्रीत[10] से रौशन हो बिजली का चिराग़

3. प्रहरति 4. स्वाद 5. पता 6. बुद्धिमान लोग 7. देखने वाले 8. प्याला 9. दिल का विकास 10. गन्धक।

तस्वीरे दर्द

नहीं मिन्नतकशे ताबे शनीदन दास्तां मेरी
ख़मोशी गुफ़तगू[1] है बेज़बानी है ज़बां मेरी

ये दस्तूरे ज़बां[2] बन्दी है कैसा तेरी महफ़िल में
यहाँ तो बात करने को तरसती है जबां मेरी

उठाये कुछ वरक़[3] लाले[4] ने कुछ नगिस ने कुछ गुल ने
चमन में हर तरफ़ बिखरी हुई है दास्तां[5] मेरी

1. बातचीत 2. बात करने की परम्परा 3. पृष्ठ 4. एक फूल 5. कथा।

उड़ा ली क़ुमरियों[6] ने तूतियों[7] ने अन्दलीबों[8] ने
चमन वालों ने मिलकर लूट ली तर्ज़े फ़ुग़ां[9] मेरी

टपक ऐ शम्आ आँसू बन के परवाने की आँखों से
सरापा[10] दर्द हूँ हसरत-भरी है दास्तां मेरी

इलाही फिर मज़ा क्या है यहाँ दुनिया में रहने का
हयाते जाविदां[11] मेरी न मर्गे नामहां[12] मेरी

मिरा रोना नहीं रोना है ये सारे गुलिस्तां[13] का
वो गुल हूँ मैं ख़िज़ां[14] हर गुल की है गोया ख़िज़ा मेरी

6. फ़ाख़्ता 7. छोटे तोते 8. बुलबुल 9. प्रलाप का ढंग 10. सिर से पाँव तक 11. अमर जीवन 12. अचानक मृत्यु 13. उपवन 14. पतझड़।

दुआ

है यही मेरी नमाज़ है यही मेरा वज़ू[1]
मेरी नवाओं[2] में है मेरे जिगर का लहू

राहे मुहब्बत[3] में है कौन किसी का रफ़ीक़[4]
साथ मेरे रह गयी एक मेरी आरज़ू[5]

1. नमाज़ पढ़ने से पहले हाथ-पैर धोना 2. उपहार 3. प्रेम का मार्ग 4. शुभचिन्तक 5. इच्छा।

मेरा नशेमन[6] नहीं दरगहे मीर ओ वज़ीर
मेरा नशेमन भी तू शाख़े नशेमन भी तू

तुझसे मेरी ज़िन्दगी सोज़ो तब ओ दर्दो दाग़
तू ही मेरी आरज़ू तू ही मेरी जुस्तजू[7]

पास अगर तू नहीं शहर है वीरां तमाम
तू है तो आबाद हैं उजड़े हुए काख़ ओ कू[8]

फिर वो शराबे कुहन[9] मुझको अता[10] कर कि मैं
ढूंढ रहा हूँ उसे तोड़ के जाम ओ सुबू

तेरी ख़ुदाई से है मेरे जुनूं को गिला
अपने लिए लामकां[11] मेरे लिए चार सू[12]

---

6. घोंसला 7. खोज 8. ऊँचे मकान और गलियाँ 9. पुरानी शराब 10. देना 11. बिना ठिकाने के 12. चारों ओर।

दुनिया

चमने ख़ार-ख़ार[1] है दुनिया
ख़ूने सद नौबहार है दुनिया

---

1. काँटों से भरा हुआ बाग़।

जान लेती है जुस्तजू[2] इसकी
दौलते ज़ेरे मार[3] है दुनिया

है नसीमे जहाँ ख़िज़ां[4] परवर
देखने को बहार है दुनिया

ज़िन्दगी नाम रख दिया किसने
मौत का इन्तिज़ार है दुनिया

ख़ून रोता है शौक़ मंज़िल का
रहज़ने रहगुज़ार[5] है दुनिया

2. तलाश 3. सांप के नीचे दबा हुआ धन 4. पतझड़ 5. रास्ते का लुटेरा।

नसीहत

बच्चा ए शाहीं[1] से कहता था उक़ाबे साल ख़ुर्द[2]
ऐ तेरे शहपर[3] पे आसां रिफ़अते चर्ख़े बरी[4]

है शबाब अपने लहू की आग में जलने का काम
सख़्तकोशी[5] से है तल्ख़िए ज़िन्दगानी[6] अंगबी[7]

1. बाज पक्षी के बच्चे से 2. आ शिकारी पक्षी 3. पंख 4. आसमान की ऊँचाई 5. बड़े परिश्रम से 6. जीवन की कटुता।

जो कबूतर पर झपटने में मज़ा है ऐ पिसर[8]
वो मज़ा शायद कबूतर के लहू में भी नहीं

7. शहद 8. बेटे।

परिन्दे की फ़र्याद

आता है याद मुझको गुज़रा हुआ ज़माना
वो बाग़ की बहारें वो सब का चहचहाना

आज़ादियां कहाँ वो अब अपने घोंसले की
अपनी ख़ुशी से आना अपनी ख़ुशी से जाना

लगती है चोट दिल पर आता है याद जिस दम
शबनम[1] के आँसुओं पर कलियों का मुसकराना

वो प्यारी-प्यारी सूरत वो कामिनी-सी मूरत
आबाद जिसके दम से था मेरा अशियाना

आती नहीं सदाएँ[2] उनकी मेरे क़फ़स[3] में
होती मेरी रिहाई ऐ काश मेरे बस में

1. ओस 2. आवाज़ें 3. पजरा।

क्या बदनसीब[4] हूँ मैं घर को तरस रहा हूँ
साथी तो है वतन में मैं क़ैद में पड़ा हूँ

आयी बहार कलियाँ फूलों की हंस रही हैं
मैं इस अंधेरे घर में क़िस्मत को रो रहा हूँ

इस क़ैद का इलाही दुखड़ा किसे सुनाऊँ
डर है यही क़फ़स में मैं ग़म से मर न जाऊँ

जब से चमन छुटा है ये हाल हो गया है
दिल ग़म को खा रहा है ग़म दिल को खा रहा है

आज़ाद मुझको कर दे ओ क़ैद करने वाले
मैं बेज़बां[5] हूँ क़ैदी तू छोड़कर दुआ ले

---

4. भाग्यहीन। 5. मूक।

बच्चे की दुआ

लब[1] पे आती है दुआ[2] बन के तमन्ना मेरी
ज़िन्दगी शम्आ की सूरत हो ख़ुदाया मेरी

---

1. होठ 2. प्रार्थना।

दूर दुनिया का मेरे दम से अंधेरा हो जाये
हर जगह मेरे चमकने से उजाला हो जाये

हो मेरे दम से यूं ही मेरे वतन की ज़ीनत[3]
जिस तरह फूल से होती है चमन की ज़ीनत

ज़िन्दगी हो मेरी परवाने की सूरत यारब
इल्म[4] की शम्आ से हो मुझको मुहब्बत यारब

हो मेरा काम ग़रीबों की हिमायत[5] करना
दर्दमन्दों से ज़ईफ़ों[6] से मुहब्बत करना

मेरे अल्लाह बुराई से बचाना मुझको
नेक जो राह हो उस रह पे चलाना मुझको

---

3. शोभा 4. शिक्षा 5. भलाई 6. वृद्धों।

फ़र्माने ख़ुदा

उट्ठो मेरी दुनिया के ग़रीबों को जगा दो
काख़े उमरा[1] के दरो दीवार हिला दो

---

1. अमीरों के महल।

गरमाओ ग़ुलामों का लहू सोज़े यक़ीं से
कुन्जिश्क-ए-फ़रोमाया[2] को शाहीं[3] से लड़ा दो

सुल्तानी-ए-जम्हूर[4] का आता है ज़माना
जो नक़्शे कुहन[5] तुमको नज़र आये मिटा दो

जिस खेत से दहक़ाँ[6] को मयस्सर नहीं रोज़ी
उस खेत के हर खोशए गंदुम[7] को जला दो

क्यों ख़ालिकों मख़लूक[8] में हायल रहें परदे
पीराने कलीसा को कलीसा से हटा दो

हक़ रा बसुजूदे सनमां रा ब तवाफ़े[9]
बेहतर है चिराग़े हरमो दैर बुझा दो

मैं नाख़ुश ओ बेज़ार हूँ मरमर की सिलों से
मेरे लिए मिट्टी का हरम और बना दो

तहज़ीबे नवीं कारगहे शीशागरां[10] है
आदाबे जुनूं शाइरे मशरिक़[11] को सिखा दो

---

2. निरीह गौरैया 3. बाज 4. गणराज्य 5. पुरानी रूढ़ियाँ 6. किसान 7. गेहूँ की बालियाँ 8. ईश्वर और उसकी सृष्टि 9. सत्य के सामने सिर झुकाओ और मूर्तियों की परिक्रमा करो। 10. शीशा बनाने वालों का कारखाना 11. पूर्व (भारत) के कवि।

फ़लसफ़ा ए ग़म

एक भी पत्ती अगर कम हो तो वो गुल ही नहीं
जो ख़िज़ां नादीदा[1] हो बुलबुल, वो बुलबुल ही नहीं

आरज़ू के ख़ून से रंगीं है दिल की दास्तां
नग़्मा ए इंसानियत कामिल[2] नहीं ग़ैर अज़ फ़ुग़ां[3]

ग़म जवानी को जगा देता है लुत्फ़े ख़्वाब से
साज़ ये बेदार होता है इसी मिज़राब[4] से

शाम जिसकी आश्ना ए नाला ए "यारब"[5] नहीं
जलवा पैरा[6] जिसकी शब में अश्क के कौकब[7] नहीं

हाथ जिस गुलचीं[8] का है महफ़ूज़ नोके ख़ार से
इश्क़ जिसका बेख़बर है हिज्र के आज़ार[9] से

कुल्फ़ते ग़म[10] गरचे उसके रोज़ ओ शब से दूर हैं
ज़िन्दगी का राज़ उसकी आँख से मस्तूर[11] है

---

1. जिसने पतझड़ न देखा हो 2. पूर्ण 3. बिना रोये 4. सितार बजाने के लिए अंगुलि में पहना जाने वाला छल्ला 5. वह व्यक्ति जो शाम के समय हे भगवान कहकर दुखी न हुआ हो 6. प्रदर्शित 7. सितारे 8. फूल चुनने वाले 9. कष्ट 10. ग़म का सन्ताप 11. छिपा हुआ।

रुख़सते महबूब का मक़सद फ़ना होता अगर
जोशे उल्फ़त भी दिले आशिक़ से कर जाता सफ़र

इश्क़ कुछ महबूब के मरने से मर जाता नहीं
रूह में ग़म बन के रहता है मगर जाता नहीं

आती है नद्दी जबीने कोह[12] से गाती हुई
आसमां के तायरों[13] को नग्मा सिखलाती हुई

आईना रौशन[14] है उसका सूरते रुख़सारे हूर15
गिर के वादी की चटानों पर ये हो जाता है चूर

नहर जो थी उसके गौहर[16] प्यारे-प्यारे बन गये
यानी इस उफ़्ताद[17] से पानी के तारे बन गये

जू ए सीमाबे रवां[18] फटकर परीशां[19] हो गयी
मुज़्तरिब[20] बूँदों की इक दुनिया नुमायां[21] हो गयी

पस्ती ए आलम[22] में मिलने को जुदा होते हैं हम
आरज़ी फ़ुरक़त को दाइम[23] जानकर रोते हैं हम

---

12. पर्वत-शिखर 13. पक्षियों 14. प्रकाशमान 5. अप्सरा के गालों की भाँति 16. मोती 17. विपत्ति 18. बहते हुए पारे की नदी 19. छिन्न-भिन्न 20. व्याकुल 21. प्रकट 22. संसार का अधःस्थल 23. स्थायी।

मरने वाले मरते हैं लेकिन फ़ना होते नहीं
ये हक़ीक़त में कभी हमसे जुदा होते नहीं

अक़्ल जिस दम दह्र[24] की आफ़ात[25] में मह्सूर[26] हो
या जवानी की अंधेरी रात में मस्तूर[27] हो

ख़िज्र्रे हिम्मत[28] हो गया हो आरज़ू से गोशागीर[29]
फ़िक्र जब आज़िज़ हो और ख़ामोश आवाज़े ज़मीर[30]

वादि ए हस्ती में कोई हमसफ़र तक भी न हो
जादह[31] दिखलाने को जुगनू का शरर[32] तक भी न हो

मरने वाले की जबीं[33] रौशन है इस ज़ुल्मात में
जिस तरह तारे चमकते हैं अंधेरी रात में

---

24. युग 25. मुसीबतें 26. घिरी हुई 27. छिपी हुई 28. साहसरूपी पथ-प्रदर्शक 29. कोने में जा बैठना 30. आत्मा की आवाज़ 31. मार्ग 32. चिंगारी 33. माथा।

फ़लसफ़ा शे मज़्हब

ये आफ़ताब[1] क्या ये सिपहरे बरीं[2] है क्या
समझा नहीं तसलसुले शामो सहर[3] को मैं

अपने वतन[4] में हूँ के ग़रीबुद्दयार हूँ
डरता हूँ देख देख के इस दश्तो दर[5] को मैं

खुलता नहीं मेरे सफ़रे ज़िन्दगी का राज़
लाऊँ कहाँ से बन्दा ए साहब नज़र को मैं

हैरां है बू अली[6] कि मैं आया कहाँ से हूँ
रूमी ये सोचता है कि जाऊँ किधर को मैं

जाता हूँ थोड़ी दूर हर इक राह रौ[7] के साथ
पहचानता नहीं हूँ अभी राहबर को मैं

---

1. सूरज 2. ऊँचा आसमान 3. शाम और सुबह का सिलसिला 4. देश 5. जंगल और दरवाज़ा 6. एक दार्शनिक 7. राहगीर पथिक।

फ़ुनूने लतीफ़

ऐ अह्ले नज़र ज़ौक़े नज़र[1] ख़ूब है लेकिन
जो शै की हक़ीक़त को न देखे वो नज़र क्या

जिससे दिले दरिया मुतलातुम[2] नहीं होता
ऐ क़तरा ए नेसां[3] वो सदफ़[4] क्या वो गुहर[5] क्या

शाइर की नवा[6] हो कि मुग़न्नी[7] का नफ़स[8] हो
जिससे चमन अफ़सुर्दा[9] हो वो बादे सहर[10] क्या

---

1. परख की अभिरुचि 2. तरंगित 3. वर्षा की बूँद 4. सीपी 5. मोती 6. आवाज़ 7. गायक 8. श्वास 9. उदास 10. सुबह की वायु।

फूल

तुझे क्यों फ़िक्र है ऐ गुल! दिले सदचाक[1] बुलबुल की
तू अपने पैरहन[2] के चाक[3] तो पहले रफ़ू[4] कर ले

तमन्ना आबरू[5] की हो अगर गुलज़ारे हस्ती[6] में
तो काँटों में उलझकर ज़िन्दगी करने की ख़ू[7] कर ले

---

1. फटा हुआ दिल 2. कपड़ा 3. छेद 4. सिलाई 5. मान 6. संसार रूपी उपवन 7. स्वभाव

सनोबर बाग़ में आज़ाद भी है पा ब गिल[8] भी है
इन्हीं पाबन्दियों में हासिल आज़ादी को तू कर ले

नहीं ये शाने ख़ुद्दारी[9] चमन से तोड़कर तुझको
कोई दस्तार[10] में रख ले कोई ज़ेबे-गुलू[11] कर ले

चमन में ग़ुंचा ए गुल से ये कहकर उड़ गयी शबनम[12]
मज़ाक़े जोरे गुलचीं[13] हो तो पैदा रंगो बू[14] कर ले

अगर मंज़ूर हो तुझको ख़िज़ां ना आश्ना रहना
जहाने रंगो बू से पहले क़त्ले-आरज़ू कर ले

इसी में देख मुज़मिर[15] है कमाले ज़िन्दगी तेरा
जो तुझको ज़ीनते दामन कोई आईना रू कर ले

---

8. कीचड़ में सने हुए पाँव 9. स्वाभिमान की प्रतिष्ठा 10. पगड़ी 11. गले की शोभा 12. ओस 13. माली द्वारा किया जाने वाला शक्ति परीक्षण 14. रूप और सुगन्ध 15. छिपा हुआ।

सिपनोज़ा

नज़र हयात पे रखता है मर्दे दानिशमन्द
हयात क्या है हुज़ूर ओ फ़लातूं सुरूर ओ नूर ओ वुजूद[1]

---

1. अस्तित्व का प्रकाश और उसका आनन्द

निगाह मौत पे रखता है मर्दे दानिशमन्द
हयात है शबे तारीक़ में शरर की नमूद

हयात ओ मौत नहीं इलिफ़ात[2] के लायक़
फ़क़त ख़ुदी है ख़ुदी की निगाह का मक़्सूद

2. ध्यान।

मस्ति ए किरदार

सूफ़ी की तरीक़त[1] में फ़क़त मस्ति ए अह्वाल[2]
मुल्ला की शरीअत[3] में फ़क़त मस्ति ए गुफ़तार[4]

शाइर की नवा[5] मुर्दा ओ अफ़सुर्दा व बेज़ौक़
अफ़कार[6] में सरमस्त न ख़्वाबीदा न बेदार

वो मर्दे मुजाहिद[7] नज़र आता नहीं मुझको
हो जिसके रगो पै में फ़क़त मस्ति ए किरदार

1. आचरण 2. ख़ुदा के जल्वे में मस्त होना 3. धर्म 4. बातें बनाने की मस्ती 5. आवाज़ 6. चिन्तन 7. पराक्रमी।

मुल्ला और बहिश्त

मैं भी हाज़िर था वहाँ ज़ब्ते सुख़न[1] कर न सका
हक़ से जब हज़रते मुल्ला को मिला हुक्मे बहिश्त[2]

अर्ज़ की मैंने इलाही मिरी तक़्सीर[3] मुआफ़
ख़ुश न आयेंगे इसे हूरो शराबो लबे किश्त[4]

नहीं फ़िर्दौस[5] मक़ामे जदलो क़ाल ओ अक़्वौल[6]
बहस ओ तक़रार इस अल्लाह के बन्दे की सरिश्त[7]

है बदआमोज़ी ए अक़्वाम ओ मलल[8] काम इसका
और जन्नत में न मस्जिद न कलीसा न कुनिश्त[9]

1. स्वर्ग में जाने की आज्ञा 2. अपराध 3. के शराब और बाग़ 4. स्वर्ग 5. झगड़ों और वाद-विवाद की जगह 6. स्वभाव 7. विभिन्न लोगों की त्रुटियाँ गिनवाना 8. मन्दिर 9. पारसियों का मंदिर।

मुहब्बत

मुहब्बत के शरर[1] से दिल सरापा नूर होता है
ज़रा से बीज से पैदा रियाज़े तूर[2] होता है

1. चिंगारी 2. तूर का चमन।

हवा हर दुःख की है मजरूहे तेग़े आरज़ू रहना
इलाजे ज़ख़्म है आज़ादे एहसाने रफ़ू रहना

शराबे बेख़ुदी से ता फ़लक परवाज़ है मेरी
शिकस्ते रग से सीखा है मैंने बन के बू रहना

थमे क्या दीदा ए गिरिया[3] वतन की नौहाख़्वानी में
इबादत चश्मे शाइर की है हरदम बावज़ू[4] रहना

3. रोने वाली आँख 4. नमाज़ पढ़ने के लिए हाथ-पैर और मुँह धोना।

रात और शाइर

क्यों मेरी चाँदनी में फिरता है तू परीशां
ख़ामोश सूरते गुल[1] मानिन्दे बू[2] परीशां

तारों के मोतियों का शायद है जौहरी तू
मछली है कोई मेरे दरियाए-नूर[3] की तू

या तू मेरी जबीं[4] का तारा गिरा हुआ है
रिफ़अत[5] को छोड़कर जो पस्ती में जा बसा है

1. फूल की भाँति 2. सुगन्ध का भाँति 3. प्रकाश की नदी 4. माथा 5. ऊँचाई।

ख़ामोश हो गया है तार ए रबाबे हस्ती[6]
है मेरे आईने में तस्वीर ए ख़्वाबे हस्ती

दरिया की तह में चश्मे गिर्दाब[7] सो गयी है
साहिल से लग के मौज़े बेताब[8] सो गयी है

बस्ती ज़मीं की केसी हंगामा आफ़री[9] है
यूं सो गयी है जैसे आबाद ही नहीं है

शाइर का दिल है लेकिन ना आश्ना[10] सुकूं[11] से
आज़ाद रह गया तू क्योंकर मेरे फ़ुसूं[12] से

6. जीवन-वीणा का तार 7. भंवर की आँख 8. व्याकुल लहर 9. हंगामा मचाने वाली 10. अपरिचित 11. शान्ति 12. जादू।

राम

लबरेज़[1] है शराबे हक़ीक़त[2] से जामे हिन्द[3]
सब फ़लसफ़[4] हैं खित्ता ए मग़रिब[5] के रामे हिन्द

1. भरा हुआ 2. शराबरूपी सच्चाई 3. भारत का स्वरूप 4. दार्शनिकता 5. पश्चिम का क्षेत्र।

ये हिन्दियों की फ़िक्रे फ़लक रस का है असर
रिफ़अत[6] में आसमां से भी ऊँचा है बामे हिन्द

इस देश में हुए हैं हज़ारों मलक सरिश्त[7]
मशहूर जिनके दम से है दुनिया में नामे हिन्द

है राम के वुजूद[8] से हिन्दोस्तां को नाज़
अह्ले नज़र[9] समझते हैं उसको इमामे हिन्द

एजाज़[10] इस चिराग़े हिदायत का है यही
रौशन तर अज़ सहर है ज़माने में शामे हिन्द

तलवार का धनी था शुजाअत[11] में फ़र्द[12] था
पकीज़गी[13] में जोशे मुहब्बत में फ़र्द था

---

6. उच्चता 7. फ़रिश्ते-जैसे स्वभाव वाले लोग 8. अस्तित्व 9. लोग 10. चमत्कार 11. वीरता 12. अद्वितीय 13. पवित्रता।

रूहे अर्ज़ी आदम का इस्तक़बाल करती है
खोल आँख, ज़मीं देख, फ़लक देख, फ़ज़ा देख

मशरिक़ से उभरते हुए सूरज को ज़रा देख
इस जल्वा ए बे परदा को परदों में छुपा देख

अययामे जुदाई[1] के सितम देख जफ़ा देख
बेताब न हो, मारका ए बीम ओ जा[2] देख

हैं तेरे तसर्रुफ़[3] में ये बादल ये घटाएँ
ये गुम्बदे अफ़्लाक ये ख़ामोश फ़जाएँ

ये कोह ये सहरा ये समन्दर ये हवाएँ
थीं पेशे नज़र कल तो फ़रिश्तों की अदाएँ

आईना ए अय्याम में आज अपनी अदा देख
समझेगा ज़माना तेरी आँखों के इशारे

देखेंगे तुझे दूर से गरदूँ[4] के सितारे
नापैद तेरे बहरे तख़य्युल के किनारे

पहुँचेंगे फ़लक तक तेरी आहों के शरारे
तामीरे ख़ुदी[5] कर, असर आहे रसा[6] देख

---

1. विरह का दिन 2. भय और स्वीकृति की लड़ाई 3. अधीन 4. आकाश 5. स्वयं का निर्माण 6. दूर तक पहुँचने वाली आह का प्रभाव।

ख़ुरशीदे जहाँ ताब की ज़ौ[1] तेरे शरर में
आबाद है इक ताज़ा जहाँ तेरे हुनर में

जचते नहीं बख़्शे हुए फ़िर्दोस नज़र में
जन्नत तेरी पिन्हां है तेरे ख़ूने जिगर में

ऐ पैकरे गुल कोशिशे पैहम की जज़ा देख
नालिन्दा[2] तेरे औद[3] का हर तार अज़ल से

तू जिन्से मुहब्बत का ख़रीदार अज़ल से
तू पीरे सनमख़ाना ए असरार[4] अज़ल से

मेहनतकश ओ ख़ूंरेज़ ओ कमआज़ार[5] अज़ल से
है राकिबे तक़दीरे जहाँ[6] तेरी रज़ा देख

1. चमक 2. रोने वाले 3. बाजा 4. रहस्यों के मन्दिर का पुजारी 5. परिश्रमी और पसीना बहाने वाला 6. दुनिया के भाग्य का सवार।

लाला ए सहरा[1]

ये गुम्बदे मीनाई[2] ये आलमे तनहाई[3]
मुझको तो डराती है इस दश्त[4] की पह्नाई[5]

भटका हुआ राही मैं भटका हुआ राही तू
मंज़िल है कहाँ तेरी ऐ लाला ए सहराई[6]

तू शाख़ से क्यों फूटा मैं शाख़ से क्यों टूटा
इक जज़्बा ए पैदाई[7] इक लज़्ज़ते यकताई[8]

उस मौज[9] के मातम में रोती है भंवर की आँख
दरिया से उठी लेकिन साहिल से न टकरायी

है गरमि ए आदम[10] से हंगाम ए आलम[11] गर्म
सूरज भी तमाशाई तारे भी तमाशाई

---

1. मरुस्थल का फूल 2. आकाश का गुम्बद 3. एकान्तावस्था 4. जंगल 5. विस्तार 6. मरुस्थल में जो हुए फूल 7. पैदा होने की भावना 8. अकेलेपन का आनन्द 9. लहर 10. मनुष्य के कर्म 11. संसार की संघर्षशीलता।

शम्अ और शाइर

शम्अ

था जिन्हें ज़ौक़े तमाशा वो तो रुख़्सत हो गये
ले के अब तू वादा ए दीदारे आम आया तो क्या
अंजुमन से वो पुराने शोला आशाम उठ गये
साक़िया! महफ़िल में तू आतिश ब जाम आया, तो क्या
आह! जब गुलशन की जमी'चत[1] परीक्षा हो चुकी
फूल की बादे बहारी का पयाम[2] आया तो क्या
आख़िरे शब दीद के क़ाबिल[3] थी बिस्मिल[4] की तड़प
सुबह दम कोई अगर बालाए बाम आया तो क्या

शाइर

शम्ए महफ़िल हो के तू जब सोज़ से ख़ाली रहा
तेरे परवाने भी इस लज़्ज़त से बेगाने रहे
रिश्ता ए उल्फ़त[5] में जब उनको पिरो सकता था तू
फिर परीशां क्यों तेरी तस्बीह[6] के दाने रहे

1. सन्तोष 2. वसन्त ऋतु की हवा 3. सन्देश 4. घायल 5. प्यार का सम्बन्ध 6. माला।

शौक़े बे परवा गया फ़िक्रे फ़लक पैमा[7] गया
तेरी महफ़िल में न दीवाने न फ़र्ज़ाने[8] रहे
वो जिगर सोज़ी नहीं वो शोला आशामी नहीं
फ़ायदा फिर क्या जो गिर्दे शम्आ परवाने रहे
ख़ैर तू साक़ी सही लेकिन पिलायेगा किसे
अब न वो मैकश रहे बाक़ी न मैख़ाने रहे

---

7. चिन्तन 8. दीपक के चारों ओर।

शाइर

मैं तेरे चाँद की खेती में गुहर[1] बीता हूँ
छुप के इंसानों से मानिन्दे सहर[2] रोता हूँ

दिल की शोरिश[3] में निकलते हुए शर्माते हैं
उज़्लते शब[4] ऐ मेरे अश्क टपक जाते हैं

मुझमें फ़र्याद[5] जो पिन्हा[6] है सुनाऊँ किसको
तपिशे शौक़[7] का नज़्ज़ारा[8] दिखाऊँ किसको

---

1. मोती 2. प्रातःकाल की भाँति 3. हंगामा 4. रात का एकान्त 5. प्रलाप 6. छिपा हुआ 7. आकाशरूपी गरमी 8. दृश्य।

बर्क़े ऐमन मेरे सीने में पड़ी रोती है
देखने वाली है जो आँख कहाँ सोती है

सिफ़ते शम्मए लहद[9] मुर्दा है महफ़िल तेरी
आह ऐ रात बड़ी दूर है मंज़िल मेरी

अह्दे हाज़िर[10] की हवा रास नहीं है मुझको
अपने नुक़सान का एहसास नहीं है मुझको

जस्ते पैग़ामे मुहब्बत[11] से जो घबराता हूँ
तेरे ताबिन्दा[12] सितारों को सुना जाता हूँ

9. क़ब्र के दीपक की भाँति 10. वर्तमान समय 11. प्रेम को छिपाये रखना 12. अधीन।

शाहीं (बाज)

किया मैंने उस ख़ाकदां[1] से किनारा
जहाँ रिज़्क[2] का नाम है आब ओ दाना[3]

बयाबां[4] की ख़िल्वत[5] ख़ुश आती है मुझको
अज़ल[6] से है फ़ितरत मेरी राहिबान[7]

1. मिट्टी करने वाला 2. रोज़ी 3. पानी और हवा 4. जंगल 5. एकान्त 6. सृष्टि के आदिकाल से 7. विरक्तिपूर्ण।

न बादे बहारी न गुलचीं[8] न बुलबुल
न बीमारिए नग़मा ए आशिक़ाना

ख़याबानियों से है परहेज़[9] लाज़िम[10]
अदाएँ हैं उनकी बहुत दिलबराना

हवाए बयाबां से होती है कारी
जवां मर्द की ज़र्बते ग़ाज़ियाना

हमाम ओ कबूतर का भूखा नहीं मैं
कि है ज़िन्दगी बाज़ की ज़ाहिदाना[11]

झपटना पलटना पलटकर झपटना
लहू गर्म रखने का है इक बहाना

परिन्दों की दुनिया का दरवेश[12] हूँ मैं
कि शाहीं बनाता नहीं आशियाना

---

8. माली 9. निषिद्ध 10. आवश्यक 11. धर्मात्मापन। 12. संन्यासी।

शुआ ए उम्मीद

सूरज ने दिया अपनी शुआओं[1] को ये पैग़ाम
दुनिया है अजब चीज़ कभी सुब्ह कभी शाम

मुद्दत से तुम आवारा हो पहना ए फ़ज़ा[2] में
बढ़ती ही चली जाती है बेमेह्रिए अय्याम[3]

ने रेत के ज़र्रों पे चमकने में है राहत
ने मिले सबा तोफ़े गुल ओ लाला[4] में आराम

फिर मेरे तजल्लीकदए दिल[5] में समा जाओ
छोड़ो चमनिस्तान ओ बयाबान ओ दर ओ बाम

1. किरणों 2. विस्तृत वातावरण में 3. ज़माने की क्रूरता 4. फूलों की परिक्रमा 5. दिलरूपी प्रकाश पर।

सरमाया और मेहनत

बन्दा ए मज़दूर को जाकर मेरा पैग़ाम दे
ख़िज्र का पैग़ाम क्या है ये पयामे काइनात

ऐ कि तुझको खा गया सरमायेदारे हीलागर[1]
शाख़े आहू पर रही सदियों तलक तेरी बरात[2]

दस्ते दौलत आफ़रीं[3] को मुज़्द[4] यूँ मिलती रही
अह्ले सरवत[5] जैसे देते हैं ग़रीबों को ज़क़ात[6]

नस्ल क़ौमिय्यत कलीसा सल्तनत तहज़ीब रंग
ख़्वाजगी[7] ने ख़ूब चुन-चुनकर बनाये मुस्करात[8]

कट मरा नादां ख़याली देवताओं के लिए
सुक्र[9] की लज़्ज़त में तू लुटवा गया नक़्दे हयात

मक्र की चालों से बाज़ी ले गया सरमायादार
इन्तिहा ए सादगी में खा गया मज़्दूर मात

उठ कि अब बज़्मे जहाँ का और ही अन्दाज़ है
मशरिक़ ओ मग़रिब[10] में तेरे दौर का आग़ाज़ है

1. बहानेबाज पूंजीपति 2. थोड़ा अंश तुझे भी मिलता रहे 3. रुपया कमाने वाला हाथ 4. मज़दूरी 5. धनी लोग 6. भीख 7. राजापन 8. नशीले पदार्थ 9. नशा 10. पूरब और पश्चिम।

हिम्मते आली तो दरिया भी नहीं करती क़बूल
ग़ुंचा-ए[1] ग़ाफ़िल तेरे दामन में शबनम कब तलक

नग़मए बेदारि ए जम्हूर[2] है सामाने ऐश
क़ज़यए ख़्वाब आवरे इसकन्दर ओ जम कब तलक

आफ़ताबे ताज़ा[3] पैदा बतने गेती[4] से हुआ
आसमां डूबे हुए तारों का मातम कब तलक

तोड़ डाली फ़ितरते इंसां ने ज़ंजीरें तमाम
दूरि ए जन्नत से रोती चश्मे आदम कब तलक

बाग़बाने चारा फ़र्मा[5] से ये कहती है बहार
ज़ख़्मे गुल के वास्ते तद्बीरे मरहम कब तलक

किर्मके नादां[6] तवाफ़े शम्आ[7] से आज़ाद हो
अपनी फ़ितरत के तजल्लीज़ार[8] में आबाद हो

---

1. कली की भाँति 2. राष्ट्र की जागृति 3. नया सूरज 4. संसार का पेट 5. चिकित्सा करने वाला माली 6. हे मूर्ख पतंगे 7. दीपक के चारों ओर घूमना 8. वह स्थान जहाँ प्रकाश ही प्रकाश हो।

साक़ी

नशा पिला के गिराना तो सबको आता है
मज़ा तो जब है कि गिरतों को थाम ले साक़ी

जो बादाकश[1] थे पुराने वो उठते जाते हैं
कहीं से आबे बक़ा ए दवाम[2] ले साक़ी

कटी है रात तो हंगामा गुस्तरी[3] में तेरी
सहर4 क़रीब है अल्लाह का नाम ले साक़ी

---

1. शराबी 2. अमृत जल 3. बिस्तर के हंगामे 4. प्रातःकाल।

साक़ीनामा

हुआ ख़ेमाज़न कारवाने-बहार
इरम बन गया दामने कोहसार

गुल ओ नरगिस व सोसन व नसरीन
शहीदे-अज़ल लाल ख़ूनीं कफ़न

जहाँ घुप गया परदा ए रंग में
लहू की है गर्दिश रगे संग में

फ़ज़ा नीली-नीली हवा में सुरूर
ठहरते नहीं आशियां में तयूर[1]

वो जू ए कुहिस्तां[2] उचकती हुई
अटकती लचकती, सरकती हुई

रुके जब तो सिल चीर देती है ये
पहाड़ों के दिल चीर देती है ये

ज़रा देख ऐ साक़ी ऐ लाला फ़ाम
सुनाती है ये ज़िन्दगी का पयाम

पिला दे मुझे वो मए परदा सोज़
कि आती नहीं, फ़स्ले गुल रोज़-रोज़

---

1. पक्षी 2. पहाड़ी नाला।

वो मैं जिससे रौशन ज़मीरे हयात[1]
वो मैं जिससे है मस्ति ए कायनात

वो मैं जिसमें हैं सोज़ ओ साज़े अज़ल
वो मैं जिससे खुलता है राज़े अज़ल[2]

उठा साक़िया परदा इस राज़ से
लड़ा दे ममोले[3] को शहबाज़ से

ज़माने के अन्दाज़ बदले गये
नया राग है साज़ बदले गये

हुआ इस तरह फ़ाश राज़े फ़िरंग
कि हैरत में है शीशा बाज़े फ़िरंग

पुरानी सियासत-गिरी ख़्वार है
ज़मीं मीर ओ सुल्तां से बेज़ार है

गया दौरे सरमायादारी गया
तमाशा दिखाकर मदारी गया

गरां ख़्वाब[4] चीनी संभलने लगे
हिमाला के चश्मे उबलने लगे

1. जीवनरूपी दिल 2. अनादिकाल का रहस्य 3. छोटा पक्षी 4. गहरी नींद में सोने वाले।

दिले तूर ओ सीना[1] वफ़ा रां दो नीम[2]
तजल्ली का फिर मुन्तज़िर है कलीम

मुसलमां है तौहीद में गर्म जोश
मगर दिल अभी तक है ज़ुन्नार पोश[3]

तमद्दुन[4] तसव्वुफ़[5] शरीअत[6] कलाम
बुताने अजम के पुजारी तमाम

हक़ीक़त ख़ुराफ़ात[7] में खो गयी
ये उम्मत रवायात[8] में खो गयी

लुभाता है दिल को कलामे ख़तीब[9]
मगर लज़्ज़ते शौक़ से बे नसीब

बयां[10] उनका मन्तिक़[11] से सुलझा हुआ
सुरत के बखेड़ों में उलझा हुआ

वो सूफ़ी कि था ख़िदमते हक़ में मर्द
मुहब्बत में यकता हमीयत में फ़र्द

---

1. तूर और पर्वत का दिल। 2. प्यार के दो टुकड़े 3. जनेऊ पहने हुए 4. संस्कृति 5. तन्मयता 6. ईश्वरीय नियम 7. उपद्रव 8. कहावत 9. व्याख्यान देने वाले की बात 10. वर्णन 11. तर्क।

अजम[12] के ख़यालात में खो गया
ये सालिक[13] मुक़ामात में खो गया

12. ईरान 13. यात्री।

बुझी इश्क़ की आग अन्धेर है
मुसलमां नहीं राख का ढेर है

शराबे कुहन[1] फिर पिला साक़िया
वही जाम गर्दिश[2] में ला साक़िया

मुझे इश्क़ के पर लगा के उड़ा
मेरी ख़ाक जुगनू बनाकर उड़ा

ख़िरद[3] को ग़ुलामी से आज़ाद कर
जवानों को पीरों का उस्ताद कर

हरी शाख़े मिल्लत[4] तेरे नम से है
नफ़स इस बदन में तेरे दम से है

1. पुरानी शराब 2. चक्र 3. बुद्धि 4. धर्म की शाखा।

तड़पने फड़कने की तौफ़ीक़[5] दे
दिले मुर्तज़ा[6] सोज़े सिद्दीक़[7] दे

जिगर से वही तीर फिर पार कर
तमन्ना को सीने में बेदार कर

तेरे आसमानों के तारों की
जमीनों के शब ज़िन्दादारों[8] की

5. हौसला 6. हज़्रत अली का दिल 7. ऐसी जलन जिस पर भरोसा किया जा सके 8. रात की पूजा करने वाले।

जवानों को सोज़े जिगर बख़्श दे
मेरा इश्क़, मेरी नज़र बख़्श दे

मिरी नाव गिर्दाब से पार कर
ये साबित है तू इसको सैयार[1] कर

बता मुझको असरारे मर्ग ओ हयात[2]
कि तेरी निगाहों में है कायनात

1. चलने वाले नक्ष 2. जीवन और मृत्यु का रहस्य।

मिरे दीदा ए तर की बेख़्वाबियां
मिरे दिल की पोशीदा[3] बेताबियां

मिरे नाला ए नीमशब का नियाज़
मिरी ख़लवत ओ अंजुमन[4] का गुदाज़

उमंगें मिरी आरज़ूएँ मिरी
उमीदें मिरी जुस्तजूएँ मिरी

मिरी फ़ितरत आईना ए रोज़गार[5]
ग़ज़ालाने अफ़्कार[6] का मुर्ग़ज़ार[7]

मिरा दिल मिरी रज़्मगाहे[8] हयात
गुमानों के लश्कर यक़ीं का सबात[9]

---

3. छिपी हुई 4. एकान्त सभा 5. दुनिया का दर्पण 6. चिन्तनरूपी हरिण 7. दुर्बल मुर्ग 8. जीव_ नरूपी युद्धक्षेत्र 9. स्थिरता।

यही कुछ है साक़ी मता ए फ़क़ीर
इसी से फ़क़ीरी में हूँ मैं अमीर

मिरे काफ़िले में लुटा दे उसे
लुटा दे ठिकाने लगा दे उसे

दमादम रवां है यमे ज़िन्दगी[1]
हर इक शै से पैदा रमे ज़िन्दगी[2]

इसी से हुई है बदन की नमूद
कि शोले में पोशीदा है मौजे दूद[3]

गिरां[4] गर्चे है सुहबते आब ओ गिल[5]
ख़ुश आयी उसे मेहनते आब ओ गिल

ये साबित भी है और सैयार[6] भी
अनासिर[7] के फ़न्दों से बेज़ार भी

ये वहदत है कसरत में हरदम असीर
मगर हर कहीं बेचगूं[8] बे नज़ीर

पसन्द उसको तक़रार की ख़ू नहीं
कि तू मैं नहीं और मैं तू नहीं

---

1. जीवन के रहस्य का स्थान 2. जीवन की दौड़ 3. धुएँ की लहर 4. नागवार 5. मिट्टी और पानी का मिलना 6. घूमने वाला सितारा 7. पंचभूत 8. अद्वितीय।

मन ओ तो[1] से है अंजुमन आफ़रीं[2]
मगर ऐन महफ़िल में ख़लवतनशीं[3]

चमक उसकी बिजली में तारे में है
ये चाँदी में, सोने में पारे में है

उसी के बयाबां, उसी के बबूल
उसी के हे काँटे, उसी के हैं फूल

कहीं उसकी ताक़त से कोहसार[4] चूर
कहीं उसके फ़न्दे में जिबरील ओ हूर

कहीं ज़र्रा शाहीने सीमाब रंग
लहू से चकोरों के आलूदा चंग

कबूतर कहीं आशियाने से दूर
फड़कता हुआ जाल में नासबूर[5]

फ़रेबे नज़र[6] हैं सुकून ओ सबात[7]
तड़पता है हर ज़र्रा ए कायनात

---

1. मैं और तू 2. महफ़िल का आरम्भ 3. एकान्त में लीन 4. पर्वत 5. बेसब्र 6. दृष्टि का धोखा 7. सुख-शान्ति।

ठहरता नहीं कारवाने वजूद[8]
कि हर लहजा है ताज़ा शाने वजूद

8. अस्तित्व का कारवां।

समझता है तू राज़ है ज़िन्दगी
फ़क़त ज़ौक़े परवाज़[1] है ज़िन्दगी

बहुत उसने देखे हैं पस्त ओ बुलन्द[2]
सफ़र उसको मंज़िल से बढ़कर पसन्द

सफ़र ज़िन्दगी के लिए बर्ग ओ साज़
सफ़र है हक़ीक़त हज़र है मजाज

उलझकर सुलझाने में लज़्ज़त[3] उसे
तड़पने फड़कने में राहत उसे

हुआ जब उसे सामना मौत का
कठिन था बड़ा थामना मौत का

उतरकर जहाने मकाफ़ात[4] में
रही ज़िन्दगी मौत की घात में

1. उड़ने का शौक़ 2. ऊँचा-नीचा 3. स्वाद 4. बदले की दुनिया।

मज़ाके दुई से बनी ज़ौज-ज़ौज
उठी दश्त ओ कोहसार[5] से फ़ौज-फ़ौज

गुल उस शाख़ से टूटते भी रहे
उसी शाख़ से फूटते भी रहे

5. पर्वत और जंगल।

समझते हैं नादां उसे बे सबात[1]
उभरता है मिट-मिट के नक़्शे हयात[2]

बड़ी तेज़ जौलां[3] बड़ी जूद रस[4]
अज़ल[5] से अबद[6] तक रमे यक नफ़स

ज़माना कि ज़ंजीरे अय्याम है
दमों के उलट-फेर का नाम है

ये मौजे नफ़स क्या है तलवार है
ख़ुदी क्या है तलवार की धार है

1. अस्थिर 2. जीवन का उद्देश्य 3. तेज़ चलने वाली 4. जल्दी पहुँचने वाली 5. आदिकाल 6. प्रलय के दिन तक।

ख़ुदी क्या है राज़े दरूने हयात[7]
ख़ुदी क्या है बेदारि ए कायनात

ख़ुदी जलवा बदमस्त ओ ख़ल्वतपसन्द
समन्दर है इक बूँद पानी में बन्द

अंधेरे-उजाले में है ताबनाक
मन ओ तू[8] में पैदा मन ओ तू से पाक

अज़ल उसके पीछे अबद सामने
न हद उसके पीछे, न हद सामने

7. जीवनरूपी दिल का रहस्य 8. मैं और तू।

ज़माने के दरिया में बहती हुई
सितम उसकी मौज़ों के सहती हुई

तजस्सुस की राहें बदलती हुई
दमादम निगाहें बदलती हुई

सुबुक[1] उसके हाथों में है शो गरां[2]
पहाड़ उसकी ज़र्बों से रेगे रवां[3]

1. हलका 2. भारी पत्थर 3. बहने वाला कण।

सफ़र उसका अंजाम आग़ाज़ है
यही उसकी तक़वीम[4] का राज़ है

किरन चाँद में है शरर संग में
ये बेरंग है डूबकर रंग में

उसे वास्ता क्या कम ओ बेश से
नशेब ओ फ़राज़ ओ पस ओ पेश[5] से

अज़ल से है ये कशमकश में असीर
हुई ख़ाके आदम में सूरत पज़ीर[6]

ख़ुदी का नशेमन तेरे दिल में है
फ़लक जिस तरह आँख के तिल में है

---

4. पधांग 5. ऊँच-नीच और आगे-पीछे 6. सूरत का स्वीकार करना।

ख़ुदी के निगहबां को है ज़हरे नाब[1]
वो नां[2] जिससे जाती रहे उसकी आब[3]

वही ना है उसके लिए अर्जुमन्द[4]
रहे जिससे दुनिया में गरदन बुलन्द

---

1. शुद्ध विष 2. रोटी 3. प्रतिष्ठा 4. प्रतिष्ठित।

वही सिज्दा है लायक़े एहतमाम[5]
कि हो जिससे हर सिन्दा तुझ पर हराम

ये आलम ये हंगामा ए रंगो सौत[6]
ये आलम कि है ज़ेरे फ़र्माने मौत

ख़ुदी की ये है मंज़िले अव्वलीं[7]
मुसाफ़िर ये तेरा नशेमन नहीं

तेरी आग इस ख़ाकदां[8] से नहीं
जहाँ तुझसे है, तू जहाँ से नहीं

बढ़े जा ये कोहे गरां तोड़कर
दिलों के ज़मान ओ मकां[9] तोड़कर

ख़ुदी शेरे मौला[10] जहाँ उसका सय्याद[11]
ज़मीं उसकी सैयद आसमां उसका सैयद

5. सम्मान के योग्य 6. आवाज़ और रंगों का शोर 7. सबसे पहला उद्देश्य 8. मिट्टी डालने वाला 9. घर और समाज 10. ख़ुदा का शे'र 11. शिकार।

जहाँ और भी हैं अभी बे नमूद
कि ख़ाली नहीं हैं ज़मीरे वजूद[1]

हर इक मुन्तज़िर तेरी यलग़ार[2] का
तेरी शोख़ि ए फ़िक्र ओ किरदार का

---

1. दिल का अस्तित्व 2. आक्रमण।

सूफ़ी से

तिरी निगाह में है मोअजिज़ात[1] की दुनिया
मेरी निगाह में है हादिसात[2] की दुनिया

तख़य्युलात[3] की दुनिया ग़रीब है लेकिन
ग़रीबतर है हयात ओ ममात[4] की दुनिया

अजब नहीं कि बदल दे उसे निगाह तिरी
बुला रही है तुझे मुमकिनात[5] की दुनिया

---

1. चमत्कार 2. घटनाएँ 3. कल्पनाएँ 4. जीवन और मृत्यु 5. वे बातें जिनका होना सम्भव हो।

हक़ीक़ते हुस्न

ख़ुदा से हुस्न ने इक रोज़ ये सवाल किया
जहाँ में क्यों न मुझे तूने लाज़वाल[1] किया

मिला जवाब कि तस्वीरख़ाना है दुनिया
शबे दराज़[2] अदम[3] का फ़साना है दुनिया

हुई है रंगे तग़य्युर[4] से जब नमूद[5] इसकी
वही हसीं है हक़ीक़त ज़वाल[6] है जिसकी

कहीं क़रीब था ये गुफ़्तगू! क़मर[7] ने सुनी
फ़लक[8] पे आम हुई अख़्तरे सहर[9] ने सुनी

सहर ने तारे से सुनकर सुनायी शबनम को
फ़लक की बात बता दी ज़मीं के महरम[10] को

भर आए फूल के आँसू पयामे शबनम से
कली का नन्हासा दिल ख़ून हो गया ग़म से

---

1. अमर 2. लम्बी रात 3. मृत्यु 4. परिवर्तन का रंग 5. उत्पत्ति 6. मिटना 7. चाँद 8. आकाश 9. प्रातःकाल का तारा शुक्रग्रह 10. अन्तरंग मित्र।

चमन से रोता हुआ मौसमे बहार[11] गया
शबाब[12] सैर को आया था सोगवार[13] गया

11. वसन्त ऋतु 12. यौवन 13. शोकग्रस्त।

हिमाला

ऐ हिमाला![1] ऐ फ़सीले किश्वरे हिन्दोस्तां[2]
चूमता है तेरी पेशानी[3] को झुककर आसमां

तुझमें कुछ पैदा नहीं देरीना रोज़ी[4] के निशां
तू जवां है गर्दिशे शाम ओ सहर के दरमियां[5]

एक जल्वा था कलीमे तूर ए सीना के लिए
तू तजल्ली[6] है सरापा[7] चश्मे बीना के लिए

इम्तिहाने दीदा ए ज़ाहिर में कोहिस्तां है तू
पासबां अपना है तू दीवारे हिन्दुस्तां है तू

1. हिमालय पर्वत 2. भारत देश की चहारदीवारी 3. माथा 4. प्राचीन रोज़गार 5. बीच में 6. प्रकाश 7. सिर से पाँव तक।

मतला ए अव्वल फ़लक जिसका हो वो दीवां है तू
सू ए ख़लवतगाहे दिल[8] दामनकशे इंसां है तू

बर्फ़ ने बांधी है दस्तारे फ़ज़ीलत[9] तेरे सर
ख़न्दाज़न[10] है जो कुलाहे मेह्रे आलमताब पर

तेरी उम्रे रफ़ता की इक आन है अह्दे कुहन[11]
वादियों में हैं तेरी काली घटाएँ ख़ेमा ज़न

8. दिलरूपी एकान्तस्थल की ओर 9. प्रतिष्ठा की पगड़ी 10. हँसने वाले 11. प्राचीनकाल।

चोटियाँ तेरी सुरैया[1] से हैं सरगर्मे सुख़न[2]
तू ज़मीं पर और पहना ए फ़लक तेरा वतन

चश्मए दामन तेरा आईना ए सैय्याल[3] है
दामने मौज़े हवा जिसके लिए रूमाल है

अब्र[4] के हाथों में रहवारे हवा के वास्ते
ताज़ियाना[5] दे दिया बर्क़े सरे कोहसार[6] ने

1. छह नक्षत्र 2. बात करने को तैयार 3. पतला अईना 4. बादल 5. कोड़े मारने की सज़ा 6. पहाड़ों पर चमकने वाली बिजली।

ऐ हिमाला! कोई बाज़ीगाह है तू भी जिसे
दस्ते क़ुदरत[7] ने बनाया है अनासिर[8] के लिए

हाय क्या फ़र्ते तरब में झूमता जाता है अब
फ़ीले बे ज़ंजीर[9] की सूरत उड़ा जाता है अब

जुम्बिशे मौज़े नसीमे सुब्ह[10] गह्वारा[11] बनी
झूमती है नश्शा ए हस्ती में हर गुल की कली

यूं ज़बाने बर्ग से गोया है उसकी ख़ामुशी
दस्ते गुलचीं[12] की झटक मैंने नहीं देखी कभी

---

7. प्रहरति के हाथ 8. चार तत्त्वों के लिए 9. आज़ाद हाथी 10. प्रातःकाल की हवा का झोंका 11. हडोला 12. माली के हाथों।

कह रही है मेरी ख़ामोशी ये अफ़साना मिरा
कुंजे ख़लवत ख़ाना ए क़ुदरत है काशाना[1] मेरा

आती है नद्दी फ़राज़े कोह[2] से गाती हुई
कौसर[3] ओ तस्नीम की मौजों को शर्माती हुई

---

1. घर 2. पहाड़ की ऊँचाई 3. स्वर्ग की नदी।

आईना-सा शाहिदे[4] क़ुदरत को दिखलाती हुई
संगे रह[5] से गाह[6] बचती गाह टकराती हुई

छेड़ती जा इस इराक़े दिलनशीं के साज़ को
ऐ मुसाफ़िर! दिल समझता है तेरी आवाज़ को

लैलि ए शब खोलती है आ के जब ज़ुल्फ़े रसा[7]
दामने दिल खेंचती है आबशारों की सदा

वो ख़मोशी शाम की जिस पर तकल्लुम हो फ़िदा
वो दरख़्तों[8] पर तफ़क्कुर[9] का समां छाया हुआ

काँपता फिरता है क्या रंगे शफ़क[10] कोहसार[11] पर
ख़ुशनुमां लगता है ये ग़ाज़ा तेरे रुख़सार[12] पर

ऐ हिमाला! दास्तां उस वक्त की कोई सुना
मस्कने आबा ए इन्सां[13] जब बना दामन तेरा

---

4. प्रहरतिरूपी गवाह 5. रास्ते का पत्थर 6. कभी 7. सब केश 8. वृक्ष 9. चिन्ता 10. प्रातःकाल या सायंकाल आकाश की लालिमा 11. पर्वत 12. गाल 13. इंसान के पूर्वजों ने रहने का स्थान।

कुछ बता उस सीधी-सादी ज़िन्दगी का माजरा[1]
दाग़ जिस पर ग़ाज़ा ए रंगे तकल्लुफ़ का न था

हाँ दिखा दे ऐ तसव्वुर फिर वो सुब्ह ओ शाम तू
दौड़ पीछे की तरफ़ ऐ गर्दिशे अय्याम[2] तू

---

1. घटना 2. भाग्यचक्र।

www.ingramcontent.com/pod-product-compliance
Lightning Source LLC
LaVergne TN
LVHW100839051026
849519LV00006B/2352
* 9 7 8 9 3 6 1 4 4 4 4 9 4 *